公事宿始末人 斬《ざん》奸《かん》無《む》情《じょう》

黒崎裕一郎

祥伝社文庫

目次

浅草元鳥越町
料理屋『ひさご』
上野
東照宮
不忍池
下谷広小路
神田明神
御成街道
新堀川
浅草御蔵
浅草寺
浅草今戸町
浅草聖天町
吾妻橋
横川
両国橋
神田川
回向院
竪川
大川
鎌倉河岸
新大橋
深川
伊勢崎町
仙台堀
小名木川
北新堀町
南町奉行所
八丁堀
三十間堀川
永代橋
富岡
八幡宮
鉄砲洲
深川熊井町
門前仲町
本湊町廻船問屋
『興津屋』
深川黒江町
船宿『舟清』

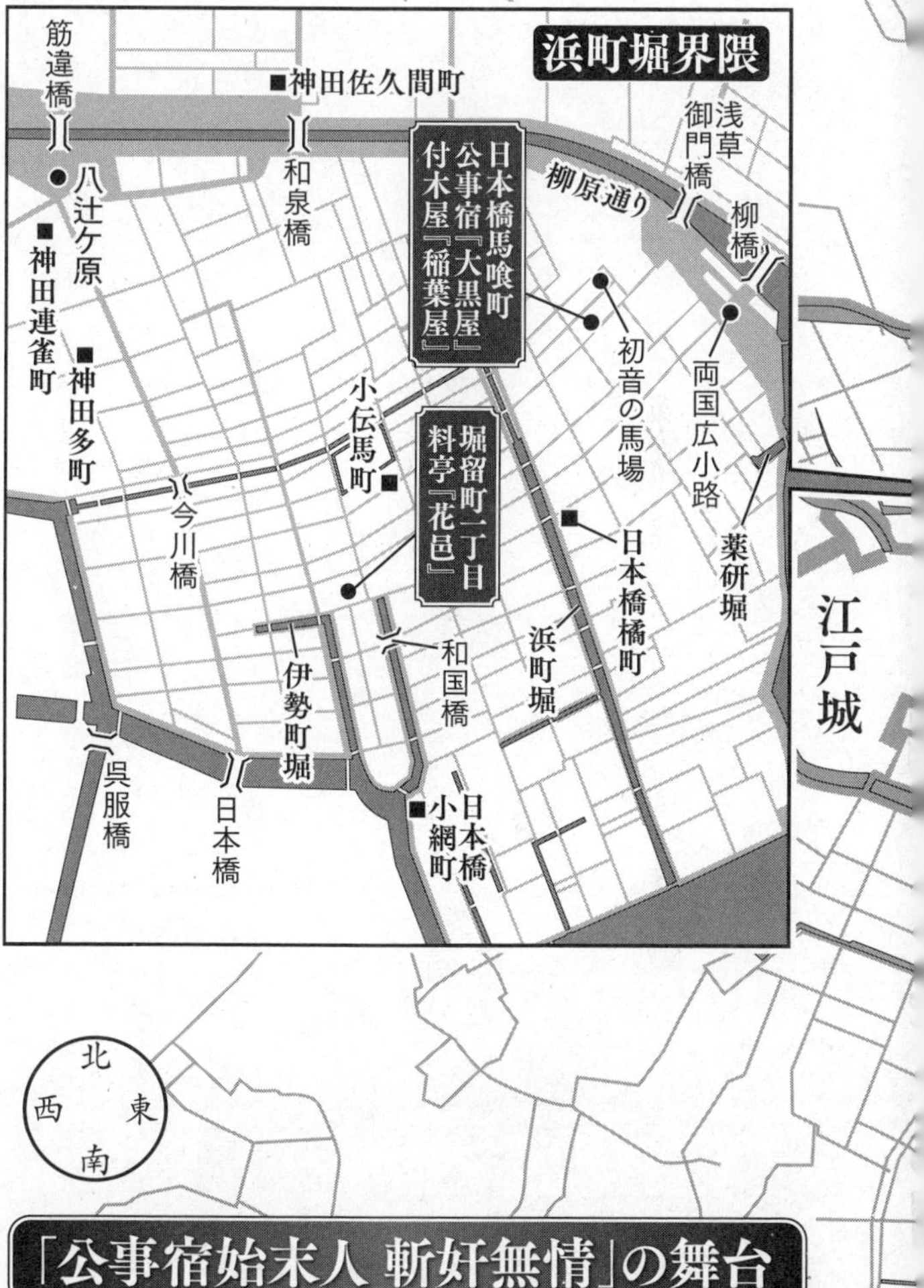

「公事宿始末人 斬奸無情」の舞台

第一章　同心殺し

一

夕食時を過ぎると、日本橋馬喰町《にほんばしばくろちょう》の旅人宿《たびにんやど》『大黒屋《だいこくや》』の屋内は、嵐が去ったあとのようにしんと静まり返る。勝手で食事の後片付けをしていた女中たちも、奥の奉公人部屋にもどったようで、人声や物音はまったく聞こえてこない。この静穏な一瞬が『大黒屋』の奉公人たちにとって、もっとも心が休まるときなのである。

あるじの宗兵衛《そうべえ》は、帳付けを終えると、帳場の脇の仕事部屋に入り、書きかけの目安《めやす》（訴状）に筆を加えはじめた。

『大黒屋』は、近在から出入《でいり》（公事訴訟事《くじそしょうごと》）のために江戸にやってきた者たちの相談に乗り、目安の作成や公事訴訟の代行を兼業とする、いわゆる〝公事宿〟である。

宗兵衛がしたためている目安も、市次郎《いちじろう》という武州《ぶしゆう》川越《かわごえ》の造り酒屋のあるじから依頼された出入に関する訴状だった。なんでも江戸の酒問屋『近江屋《おうみや》』との間で代金の支払いで揉《も》めているそうだが、つぶさに事情を聴くと、さほど複雑な問題ではなかった。

要は約束の期日に代金が支払われなかっただけの話で、御番所（町奉行所）に目安を提出し、『近江屋』から支払い日を確約する念書を取れば解決する問題だった。

こうした金銭にまつわる訴訟事を金《かね》公事という。当節の世知辛《せちがら》い世相を反映してか、『大黒屋』に持ち込まれる出入物の大半は、この金公事が占めていた。まさに、

（金が仇《かたき》の世の中）

なのである。貴穀賤金《きこくせんきん》の時代は遠い過去になった感が深い。

「お茶をお持ちしました」

女の声に、宗兵衛は筆を止めて顔を上げた。

唐紙《からかみ》が開いて、女房のお春《はる》が茶盆《ちゃぼん》を持って入ってきた。歳は三十一。器量は十人並みだが、色白のぽっちゃりした童顔で、実年齢より二つ三つ若く見える。

「おう、すまないね」

宗兵衛は破顔《はがん》して茶盆の湯飲みを取った。

「だいぶ冷えてきましたねえ」

つぶやきながら、お春は炭櫃《すびつ》の炭を火箸《ひばし》でつまんで長火鉢《ながひばち》にくべはじめた。

お春は、もともと『大黒屋』で下働きをしていた女だったが、三年前に宗兵衛の女房が病死したのち、宗兵衛に請《こ》われて後添《のちぞ》えに入ったのである。

先妻が病弱なたちで、子に恵まれなかったせいか、宗兵衛は二十三も歳の離れたお春を女房というより、実の娘のように可愛がっている。

「今年は冬が早そうだな」

茶をすすりながら、宗兵衛がつぶやいた。

「今朝方《けさがた》はずいぶん冷え込みましたからねえ。向島《むこうじま》では初霜《はつしも》が降りたそうですよ」

「ほう」

宗兵衛は意外そうに目を細めた。例年より半月ほど早い初霜便《たよ》りである。

「ついこの間、菊の節句を迎えたばかりだというのに、もう初霜か。……季節のうつろいは早いものだな」

「そろそろ綿入《わたい》れを出しておかなければ……」

炭櫃を部屋のすみに片付けると、お春は立ち上がって、

「寝間にお布団《ふとん》を敷いておきます」

「わたしのほうは、まだしばらくかかりそうだ。先に休んでなさい」

「はい。では」

と仕事部屋を出ていったお春が、帳場の脇の小廊下を抜けて表口の板間に出たとき、店先の暗《くら》がりにうっそりと人影が立った。

外に遊びに出ていた客がもどってきたのかと思い、ちらりと人影に目を向けると、紺《こん》の大のれんを分けて土間に入ってきたのは、三つ紋の黒羽織に着流し姿の侍だった。

「あ、杉江《すぎえ》さま」

「旦那《だんな》はいるかい？」

侍はぶっきら棒にいった。背はさほど高くはないが、肩幅の広い、がっしりした体軀《たいく》の三十二、三の男——南町《みなみまち》奉行所の定町廻《じようまちまわ》り同心・杉江辰之進《たつのしん》である。

「近くを通りかかったのでな。ちょっと寄らせてもらった」

「いつもお世話になっております。どうぞ、お上がりくださいまし」

お春は満面に笑みを浮かべて、杉江を仕事部屋に案内した。

「おまえさん、杉江さまがお見えですよ」

お春が部屋の唐紙を引き開けると、宗兵衛があわてて居住《いず》まいを正し、

「ようこそおいでくださいました。むさ苦しいところでございますが、ささ、どうぞ」

と座布団をすすめた。

「仕事中、すまんな」

「どう致しまして」

「ただいま、お茶をお持ち致しますので」

お春がすぐに茶を運んできて、「どうぞ、ごゆっくり」と一礼して退出すると、宗兵衛はあらためて杉江に頭を下げた。

「ご無沙汰《ぶさた》いたしております」

「あいかわらず忙しそうだな」

「おかげさまで。……こんな時分までお見廻りでございますか」

「うむ。まあ」

茶をすすりながら、杉江はあいまいにうなずき、

「六ツ半（午後七時）に、この近くで留三《とめぞう》と落ち合うことになってるんだが、それまでここで待たせてもらえねえかい？」

留三とは、杉江が抱えている岡っ引のことである。

「結構でございますとも。夕飯はおすみでございますか」

「ああ、ここへくる途中、担《かつ》ぎ屋台のそば屋でかけそばを食ってきた」

「さようでございますか。よろしかったら一服どうぞ」

宗兵衛にすすめられるまま、杉江は煙草盆《たばこぼん》の銀の鉈豆煙管《なたまめきせる》を取り、きざみ煙草を詰めて長火鉢の炭火で火をつけてうまそうに喫《きっ》した。

杉江辰之進は、日本橋・両国《りょうごく》・浅草《あさくさ》・本所界隈《ほんじょかいわい》を持ち場とする定町廻り同心で、宗兵衛とはかれこれ七、八年の付き合いになる。

一見、近寄りがたい風貌《ふうぼう》をしているが、根は気さくで、誰に対しても偉《えら》ぶったところがなく、宗兵衛の訴訟事の面倒もよく見てくれた。

性格は一徹《いってつ》で、商家からの付け届けや心付けはいっさい受け取らないし、道理の通らぬことがあれば、上役にも食ってかかるという硬骨漢《こうこつかん》でもある。

そのせいか朋輩《ほうばい》たちからは煙《けむ》たがられ、奉行所内では孤立していたが、当の本人はまったく意に介さず、唯我独尊《ゆいがどくそん》を決め込んでいる。

茶をすすりながら、四半刻（三十分）ほど雑談したあと、

「すっかり邪魔《じゃま》しちまったな。何か困ったことがあったらいつでも相談にきてくれ」

といいおいて、杉江は『大黒屋』をあとにした。

月の明るい夜だった。

人通りのまばらな旅籠《はたご》街の通りを、身を切るような寒風が吹き抜けてゆく。

杉江は肩をすぼめて歩度《ほど》を速めた。

『大黒屋』から五丁（約五五〇メートル）ほど北へ行くと、前方に柵《さく》で囲《かこ》われた広い空《あ》き地が見えた。

初音《はつね》の馬場である。馬場の右手に火の見櫓《やぐら》が立っている。

その櫓の下に、ひとりぽつねんと佇立《ちょりつ》している男がいた。四十年配の小柄な男で、唐桟留《とうざんどめ》の半纏《はんてん》に薄鼠《うすねず》色の股引《ももひ》き姿、腰に素十手《すじって》（房《ふさ》のない鉄の十手）を差している。

「旦那」

杉江の姿を目ざとく捉《とら》えて、男が小走りに歩み寄ってきた。岡っ引の留三であ

る。

「野郎の居所《いどころ》はわかったか？」

「へい。女の家に転《ころ》がり込んでおりやした」

「場所は？」

「橘《たちばな》町です。ご案内しやしょう」

そういうと、留三は先に立って歩き出した。

二人は馬喰町の大通りを横切って、横山《よこやま》町一丁目の先の橘町に向かった。

以前、……といっても、もうだいぶ昔の話だが、橘町の東に浄土真宗本願寺《じょうどしんしゅうほんがんじ》（明暦《めいれき》の大火後、築地《つきじ》に移転）があり、門前に橘の花を売る店が多くあったところから、この地名がついたという。現在は板葺《ぶ》き屋根の小家や裏店《うらだな》が密集する陋巷《ろうこう》で、俗に「踊り子」と呼ばれる転び芸者の巣窟《そうくつ》になっている。

〈酒池肉林《しゅちにくりん》へ橘をまぜるなり〉

と川柳《せんりゅう》に詠《よ》まれているように、酒宴の席に橘町の踊り子は付き物だった。現代のパーティーコンパニオンのようなものである。

網《あみ》の目のように入り組んだ細い路地を、右に左に曲がりながらしばらく行くと、密集した家並みからやや離れたところに、小さな家がぽつんと建っていた。

「あの家です」

破《や》れ垣《がき》の前で足を止めて、留三が小声でいった。

家の東側の小窓にほんのりと明かりがにじんでいる。杉江はそれを確かめると、

「おめえは裏にまわってくれ」

と留三に下知《げち》して、破れ垣の横の小道から家の玄関に歩み寄り、戸口で中の気配をうかがった。屋内はひっそりと静まり返っている。

杉江は腰に差した朱房《しゅぶさ》の十手を引き抜いて、用心深く戸を開け、するりと中に体をすべり込ませた。三和土《たたき》に女物の駒下駄《こまげた》と男物の雪駄《せった》がそろえて置かれている。それをちらりと見ながら、土足のまま上がり框《かまち》に踏み上がり、正面の障子《しょうじ》をそっと引き開けた。

そこは六畳ほどの茶の間だった。

男女が差し向かいで酒を酌《く》み交《か》わしていたらしく、火鉢の前に置かれた二つの箱膳《はこぜん》の上には、空《から》になった徳利《とっくり》や皿小鉢などがのっている。

奥の部屋の唐紙がわずかに開いていて、細い明かりが洩《も》れている。

杉江は十手を逆手《さかて》に持ち替えると、足音を消して部屋の前に歩み寄り、ためら

いもなく唐紙を引き開けた。その瞬間、

（あっ）

と息を呑《の》んで立ちすくんだ。

夜具の上に全裸の男女が血まみれで倒れている。情交の最中に何者かに襲われたのだろう。女は両脚を大きく開いたまま仰臥《ぎょうが》し、男の一物は淫液《いんえき》で生々しくぬめっている。

「留三！」

我に返って叫んだ。

「へい」

声とともに、勝手口から転がるように飛び込んできた留三が、部屋の中の惨状を見て、

「こ、これは……！」

と目を剝《む》いて絶句した。

杉江は敷居ぎわに棒立ちになったまま、男女の死体を見下ろしている。

男は二十七、八。一見やくざふうである。女は二十歳《はたち》前後だろうか。一目で踊り子とわかる派手な面立《おもだ》ちをしている。白い豊かな乳房が血に染まっていた。

二人とも一太刀《ひとたち》で首の血脈を切断されている。ほぼ即死だったに違いない。

部屋の中が荒らされていた。明らかに物色した形跡である。

「物盗りの仕業《しわざ》ですかね」

留三がいった。

「いや」

杉江は険《けわ》しい表情でかぶりを振った。

「そう見せかけるための小細工だ」

「小細工？……てえと」

「一味が先手を打ったに違いねえ」

「口封じってわけですかい」

それには応《こた》えず、杉江は屈《かが》み込んで二人の死体をのぞき込んだ。切断された頸《けい》動脈《どうみやく》からまだどくどくと血が流れ出している。

「殺されて、まだ間《ま》がねえな」

賊は土足で踏み込んだらしく、畳の上に複数の足跡が残っていた。

「敵はおれたちの動きを察知していたんだ。それで先廻りして巳之助《みのすけ》の口をふさいだ。そうに違いねえ」

苦々《にがにが》しげにいって、杉江はゆっくり立ち上がり、

「番屋の連中に、仏《ほとけ》の始末をさせよう」

と留三をうながして、部屋を出た。

事件はその直後に起きた。

二人が家を出た瞬間、路地の暗がりから三つの黒影が飛び出してきて、いきなり二人に斬《き》りかかってきたのである。いずれも垢《あか》じみた凶悍《きようかん》な面構《つらがま》えの浪人だった。

「な、なんだ、おめえたちは！」

三人の浪人は無言のまま、猛然と斬りつけてきた。

杉江はとっさに抜刀し、正面から斬り込んできた浪人の刀をはね上げたが、さすがに次の斬撃《ざんげき》はかわし切れなかった。

横合いから鋭《するど》く突き出された剣尖が、ぐさりと杉江の胸をつらぬいた。

小さなうめきを発して、杉江はのけぞった。

「旦那！」

駆け寄ろうとした留三の背にも、袈裟《けさ》がけの一太刀が浴《あ》びせられた。

背中に赤い筋が奔《はし》り、血がほとばしった。

「わッ」

と悲鳴を上げて、留三は前のめりに倒れ込んだ。

地面に片膝《かたひざ》を突いた杉江が、刀を支えにして必死に立ち上がろうとしている。

その頭上に、別の一人が止《とど》めの一撃を叩《たた》きつけた。

ガツン。

と鈍い音がして、頭蓋《ずがい》が砕け、おびただしい血とともに白い脳漿《のうしょう》が飛び散った。

杉江は声もなく地面に突っ伏した。

二人が息絶えるのを見届けると、三人の浪人者は鍔《つば》鳴りをひびかせて、いっせいに刀を鞘《さや》に収め、風のように闇《やみ》の深みに走り去った。

すべてが一瞬の出来事だった。

血まみれの無惨《むざん》な姿で路上に転がっている二人の死体に、青白い月明《げつめい》が冷え冷えと降り注いでいる。

血臭を嗅《か》ぎつけたのか、どこからともなく一匹の黒猫がのっそりと這《は》い出てきて、死体から流れ出る血をぺろぺろと舐《な》めはじめた。

二

事件の一報が大黒屋宗兵衛の耳に入ったのは、翌朝の六ツ半（午前七時）ごろだった。

横山町の油問屋に灯油の注文に行っていた番頭の与平《よへい》が、帰りがけに顔見知りの町《ちょう》役人と行き合い、事件を知ったのである。

「杉江さまが……！」

一瞬、宗兵衛は我が耳を疑った。杉江とは昨夜会ったばかりである。にわかには信じられなかったし、信じたくもなかった。

「与平さん、それは本当なのかね」

念を押すように宗兵衛が訊《き》き返すと、番頭の与平は沈痛な表情でうなずき、

「つい先ほど、御同役が検死をすませたばかりだそうでございます」

「…………」

言葉がなかった。しばらく重苦しい沈黙がつづいたあと、

「それにしても、杉江さまの身にいったい何が……」

暗然とつぶやきながら、宗兵衛は腰を上げ、

「ちょっと様子を見てきます。お客さんの朝食の支度《したく》、頼みましたよ」

といいおいて、蹌踉《そうろう》と部屋を出ていった。

きのうに増して、この日も冷え込みの厳しい朝だった。

空は雲ひとつなく晴れ渡り、朝の冷気がぴんと張り詰めている。

煙のように白い息を吐きながら、宗兵衛は横山町一丁目の自身番屋に向かった。

番屋の戸口で足を止めて中をのぞき込むと、南町の町方《まちかた》役人二人と初老の番太郎が、火鉢を囲んで茶を飲んでいた。

二人の町方は、杉江の同役、定町廻り同心の高村源次郎《たかむらげんじろう》と菅生兵介《すがおへいすけ》だった。

「おはようございます」

丁重に挨拶《あいさつ》をして、宗兵衛は中に入った。

「おう、大黒屋か」

高村がじろりと見やった。目の細い陰険な顔つきの男である。

「杉江さまがお亡くなりになったそうで」

「ああ、つい今し方、検死を終えたばかりだ」

応えたのは、菅生だった。

「何者かに斬られたと聞きましたが」

「盗賊の仕業であろう」

高村があっさりといってのけた。それを受けて菅生が、

「杉江さんが殺された現場のすぐ近くの家で、巳之助って男と踊り子らしい女が殺されていた。部屋の中が荒らされていたところを見ると、盗賊に押し込まれたようだ。杉江さんはたまたまその賊一味と出くわして斬られたのだろう」

菅生の口調も淡々としたものである。

「お気の毒に……」

宗兵衛は悄然《しょうぜん》と肩を落としたが、胸中には何か釈然《しゃくぜん》とせぬものがつかえていた。

「町方の仕事は常住坐臥《じょうじゅうざが》、死と背中合わせだからな」

高村が語をつぐ。

「わしらだって、いつどうなるかわからん。杉江さんは運が悪かっただけの話よ」

まるで他人事《ひとごと》のように感情のない声でそういうと、高村は飲み干した湯飲みを

茶盆にもどして立ち上がり、

「三人の軀《むくろ》を役所に運ぶよう手配りしてくれ」

と番太郎にいい残し、菅生をうながしてそそくさと出ていった。

「お役目ご苦労さまでございました」

二人を通りまで送り出した番太郎が番屋にもどってきて、

「大黒屋さん、お茶をどうぞ」

とすすめたが、宗兵衛はそれを丁重に断って番屋を出た。

「いかがでございましたか」

宿にもどるなり、番頭の与平が帳場から飛び出してきて、急《せ》き込むように訊いた。

「検死のお役人は、盗賊の仕業だといっていたが……」

「盗賊？」

「どうも腑《ふ》に落ちないことがあってねえ」

首をかしげながら、帳場の脇の仕事部屋に入ってゆく宗兵衛を追って、

「何かご不審なことでも？」

与平が訊き返した。宗兵衛は長火鉢の前に腰を下ろした。五徳《ごとく》にかけた鉄瓶《てつびん》が

ちんちんと音を立てて湯気を噴き出している。その上に冷えた手をかざしながら、宗兵衛は高村と菅生から聞いた話をかいつまんで語ったあと、納得のゆかぬ顔で一点を見つめ、

「ゆうべ、杉江さまがうちに立ち寄ったとき、近くで岡っ引の留三親分と落ち合うことになっているといっていた。ひょっとすると、杉江さまは何か別の事件を追っていたんじゃないかと、そんな気がしてならないんだよ」

「高村さまと菅生さまには、そのことをお話にならなかったのですか」

宗兵衛は首を振った。

「あの人たちは、あくまでも盗賊の仕業ということで一件落着にしたいのだよ。話してもどうせ取り合ってはくれないだろうと思ってね」

朋輩の非業《ひごう》の死を「運が悪かった」の一言で片付けてしまう連中である。宗兵衛の話など一蹴《いっしゅう》されるのが落ちであろう。

「このままうやむやにされたのでは、杉江さまも浮かばれませんね」

嘆息を洩らしてつぶやく与平に、

「与平さん」

宗兵衛が険しい顔つきでいった。

「御番所のお役人は当てにならない。この一件、裏公事に廻《まわ》そうじゃないか」

「では……」

与平の目がきらりと光った。そして深くうなずき、

「かしこまりました」

と一礼して、部屋を出ていった。


「お待たせいたしました」

五十年配の職人体《てい》の男が、蠟色鞘《ろいろざや》の刀を持って奥から出てきた。神田須田町《かんだすだ》の研《と》ぎ師・清右衛門《せいえもん》である。上がり框に座っているのは、彫《ほ》りの深い端整《たんせい》な面立ちをした三十一、二の浪人者――千坂唐十郎《ちさかとうじゅうろう》だった。

「目釘《めくぎ》も替えておきましたので」

「そうか」

刀を受け取ると、唐十郎は鞘を払って、研ぎ上がったばかりの刀身にまじまじと見入った。反《そ》りの浅い大ぶりの太刀である。青白い光沢を放つ刀身に、大乱れの刃文がくっきりと浮かび立っている。見るからに覇気《はき》に富《と》んだ豪壮《ごうそう》な作風の筑前物《ちくぜんもの》・左文字国弘《さもんじくにひろ》である。

「見事な仕上がりだ」

「ありがとう存じます」

「造作《ぞうさ》をかけたな」

といって、唐十郎は研ぎ代を払い、清右衛門の家を出た。

清右衛門の家から神田多町《たちょう》の唐十郎の借家までは指呼《しこ》の距離である。

家の前にさしかかったところで、唐十郎はふと足を止めた。玄関先に初老の小柄な男が人待ち顔で立っている。『大黒屋』の番頭・与平だった。

「おう、与平か」

「お待ちしておりました」

唐十郎は中に入るようすすめたが、与平はそれを固辞して、玄関先に立ったまま、

「例の場所にご足労願いたいのですが」

と言伝《ことづ》てを告げて、すぐに宿に引き返していった。

例の場所とは、日本橋堀留《ほりどめ》町の料亭『花邑《はなむら》』のことである。

家に入ると、唐十郎は手早く身支度をととのえ、研ぎ上がったばかりの愛刀・左文字国弘を腰にたばさんで家を出た。

時刻は四ツ半（午前十一時）を少しまわっていた。

空は雲ひとつなく晴れ渡り、初冬の陽差《ひざ》しが燦々《さんさん》と降り注いでいる。朝の寒気もだいぶゆるみ、往来にはいつもの活気がもどっていた。

料亭『花邑』は堀留町一丁目の西角にあった。日本橋界隈では五指に入る老舗《しにせ》の料亭で、黒板塀《くろいたべい》に囲われた庭からは〝見越《みこ》しの松〟の見事な枝振りが見える。

檜皮葺《ひわだぶき》門をくぐり、踏石をつたって玄関に入ると、奥から顔なじみの女将《おかみ》が出てきて愛想よく唐十郎を迎え入れ、二階座敷に案内した。

座敷には、豪華な酒肴《しゅこう》の膳部がととのえられ、宗兵衛が座していた。

「お呼び立てして申しわけございません」

恐縮する宗兵衛に、唐十郎は屈託《くったく》のない笑みを返して、膳部の前に腰を下ろした。

「まずは一献《いっこん》」

と宗兵衛が酌《しゃく》をする。それを受けて唐十郎はうまそうに喉《のど》を鳴らして飲み干した。

宗兵衛自身はたしなむ程度にしか酒を飲まないので、もっぱら唐十郎が飲み手にまわっていた。小時、世間話に花を咲かせたあと、

「そろそろ本題に入ろうか」

と唐十郎が水を向けると、宗兵衛は急に表情を引き締めて、昨夜の事件のあらましを語りはじめた。語り口は淡々としているが、その声には事件に対する深い疑念と杉江辰之進の検死に当たった高村や菅生への不信感が込められていた。

一通り語り終えると、宗兵衛は唐十郎の盃《さかずき》に酒を注ぎながらこう結んだ。

「杉江さまがむざむざ盗賊ごときに殺されるとは思えないのです」

「たしかにな」

唐十郎は首肯《しゅこう》した。

宗兵衛の話を聞くかぎり、杉江辰之進が別の事件を追っていた可能性は十分に考えられる。賊はそれを阻止するために杉江を闇に屠《ほふ》ったのではないか。

唐十郎がそういうと、宗兵衛は我が意を得たりとばかり強くうなずき、

「このまま盗賊一味の仕業ということでお茶を濁《にご》されたのでは、杉江さまの死は無駄死ににになってしまいます。ぜひ千坂さまのお力をお借りしてこの事件の真相を……」

深々と低頭した。見かけによらずこの男、人情に厚く、義侠心《ぎきょうしん》が強い。

世の中には、法で裁けぬ悪事や法で晴らせぬ怨《うら》みが山ほどあり、その陰で泣き

寝入りしている人々は星の数ほどいる。公事宿のあるじとして、そうした人々の嘆《なげ》き悲しむ姿を嫌というほど見てきた宗兵衛は、常々、

（法に頼らずに世の中の理不尽を正す方策はないものか）

と考えていた。

そんなある日、女房のお春が無頼《ぶらい》浪人どもに拐《かど》わかされるという事件が起きた。つい半年ほど前のことである。そのお春の危機を救ったのが、千坂唐十郎だった。

宗兵衛は唐十郎の剣の腕と人物を見込んで、法の網からこぼれ落ちた事件（裏公事）を闇で処理する「始末人」になってもらえないかと頼み込んだのである。

浅草元鳥越《もとどりごえ》の小料理屋『ひさご』の用心棒をしながら、無為徒食《むいとしょく》の浪人暮らしをしていた唐十郎は、渡りに舟とばかりその仕事を引き受けた。

むろん金だけが目的ではなかった。人情紙のように薄いこのご時世に、身銭《みぜに》を切って世のため人のために一肌脱《ぬ》ごうという宗兵衛の心意気に打たれたからである。

「話はわかった。その仕事、引き受けよう」

唐十郎が領諾《りょうだく》すると、強張《こわば》っていた宗兵衛の顔にもようやく笑みがもどり、

「お手数をおかけいたしますが、ひとつよろしくお頼み申します」

懐中から財布を取り出して、三枚の小判を唐十郎の膝前に置いた。

これは当座の費用《かかり》でございます。どうぞ、お納めくださいまし」

唐十郎は無造作にそれをつかみ取って、ふところにねじ込んだ。「始末料」は原則として〝裏公事〟一件につき五両、後払いということになっている。

「では、人目につかぬうちに……」

宗兵衛に軽く会釈《えしやく》を返して、唐十郎は腰を上げた。

三

料亭『花邑』を出て、伊勢町堀《いせちようぼり》にかかる道浄橋《どうじようばし》を渡りかけたときである。

「旦那」

ふいに背後から声がかかった。ふり向くと、道浄橋のたもとの船着場で客待ちをしていた猪牙舟《ちよきぶね》の船頭が舟の上から手を振っている。歳のころは二十二、三。真っ黒に日焼けした精悍《せいかん》な感じの若者——唐十郎の手先・丈吉《じようきち》である。

「おう、丈吉」

「どちらに行かれるんで？」

「花邑の帰りだ」

「花邑？……てえと」

丈吉の目がきらりと光った。

「仕事ですかい？」

「ああ、ちょうどいいところで会った。おまえに頼みたいことがある」

「話は舟の上で聞きやしょう。どうぞ、お乗りになって」

丈吉にうながされて、唐十郎は素早く猪牙舟に乗り込んだ。

「よかったら、一服つけておくんなさい」

唐十郎に客用の煙草盆をすすめると、丈吉は水棹《みさお》を取ってゆっくり舟を押し出した。

船着場の桟橋《さんばし》を離れた猪牙舟は、伊勢町堀を南下し、荒布《あらめ》橋の下をくぐって日本橋川に出た。そこからさらに南に下って行徳河岸《ぎょうとくがし》を左に曲がり、大川《おおかわ》に出たところで、

「このところ、めっきり冷え込んできやしたねえ」

櫓《ろ》を漕《こ》ぐ手をゆるめて、丈吉がぽつりといった。

唐十郎は煙管をくゆらせながら、無言で河畔の景色をながめている。

大川の川面《かわも》を渡ってくる川風が肌を刺すように冷たい。前方に見える三ツ股《また》(中州《なかす》)の葦《あし》や真菰《まこも》もすっかり冬枯れて、寒々と風になびいている。

夏は涼《すず》み船で賑《にぎ》わう大川も、さすがにこの季節になると行き交う船影も少なく、ときおり帆をいっぱいにふくらませた押送船《おしおくりぶね》が、白波を蹴立てて通りすぎてゆくだけだった。

「ところで、丈吉」

二服目の煙草を煙管に詰めながら、唐十郎は話を切り出したが、すべてを語るまでもなく、丈吉はすでにその事件を知っていた。船頭という職業柄、丈吉の耳にはさまざまな情報が入ってくる。昨夜の事件もつい数刻前に客から聞いたばかりだった。

杉江辰之進と岡っ引の留三が殺された現場のすぐ近くで、巳之助という男と踊り子ふうの若い女が殺されたことも丈吉は知っていた。

「頼みというのは、その巳之助って男の素性《すじょう》を洗ってもらいたいのだ」

「承知いたしやした」

と応えて、丈吉はふたたび力強く櫓を漕ぎはじめた。二人が言葉を交わしたのは、それだけである。しばらく無言の時間《とき》が流れた。

大川を遡行《そこう》し、両国橋の下をくぐったところで、

「柳橋《やなぎばし》で下ろしてくれ」

と唐十郎がいった。

柳橋は神田川の河口に架かる木橋で、橋の周辺には船宿が蝟集《いしゅう》し、吉原遊廓《よしわらゆうかく》や深川《ふかがわ》への舟の発着所として賑わっていた。丈吉が仕事の拠点としているのも柳橋である。

猪牙舟が柳橋の北詰の船着場にすべり込むと、唐十郎は小粒《こつぶ》（一分金）二つを丈吉に手渡し、小声で「頼んだぜ」といって舟を下りた。

石段を上ってゆく唐十郎のうしろ姿を何食わぬ顔で見送ると、丈吉は艫綱《ともづな》で猪牙舟を杭《くい》にもやい、ひらりと桟橋に下り立った。

それから四半刻（三十分）後、丈吉は橋町二丁目の路地を歩いていた。

路地の奥まったところに、破れ垣をめぐらした小さな家があった。昨夜、巳之助という男と若い踊り子が殺された家である。すでに町方役人の検証もすみ、二人の死体は片付けられたのだろう。野次馬《やじうま》の姿もなく、あたりはひっそりと静まり返っていた。

「あら、丈吉さん」

　女の声に、丈吉はハッと振り返った。

　弁慶縞《べんけいじま》の粗末な着物を着た、三十年配のやつれた感じの女が立っていた。

　踊り子のお品《しな》である。丈吉はこの女を何度か深川まで舟で送ったことがあった。かつては「橋小町」と呼ばれたほどの美形だったが、いまはもうすっかり容色も衰《おとろ》え、昔日の面影はみじんもなかった。

「よう、お品さんか」

「おひさしぶり」

　婉然《えんぜん》と笑みを浮かべながら、お品が歩み寄ってきた。

「元気そうだな」

「おかげさまで。丈吉さんもお変わりなく」

「あいかわらずさ」

「よかったら、うちでお茶でも飲んでいきませんか」

「仕事があるんじゃねえのかい」

「ご冗談を」

　お品は自嘲《じちょう》の笑みを浮かべた。

「あたしのような年増女《としま》に仕事なんてあるわけないじゃないですか。毎日、お茶を挽《ひ》いてますよ」

「おめえさんも若いころにはたっぷり稼《かせ》いだんだ。あくせく働くことはねえさ」

「まあね」

「じゃ、遠慮なく招《よ》ばれるとしようか」

お品の家はその路地からさらに細い路地へ入った突き当たりにあった。間口二間ほどの古い小さな貸家だが、女のひとり住まいらしく、部屋の中は小ぎれいに片付いていた。

「丈吉さん、ご存じ？」

茶をいれながら、お品が上目づかいに訊いた。

「何のことだい？」

「ゆうべ、この近くで人殺しがあったんですよ」

「ほう」

丈吉はとぼけ顔で、差し出された茶をすすり上げた。

「それも四人、……一時《いっとき》に四人も殺されたそうですよ」

「へえ。そいつは初耳だ。やくざ同士の喧嘩《でいり》でもあったのかい？」

「町方のお役人は、盗《ぬす》っ人《と》の仕業じゃないかって」

恐ろしげに眉《まゆ》をひそめながらも、お品は得々《とくとく》として昨夜の事件の一部始終を語りはじめた。踊り子としての盛りも過ぎ、女ひとりの侘《わび》住まいを送っていたお品にとって、丈吉は恰好《かっこう》の話し相手だったのだろう。急須《きゅうす》に湯をそそぎながら、お品は一方的にしゃべりまくった。まさに立て板に水の饒舌《じょうぜつ》ぶりである。

お品の話に一区切りがついたのは、丈吉が三杯目の茶を飲み干したときだった。

「まったく、物騒な世の中になったもんですよ」

嘆息をつきながら、お品はようやく口を閉じた。

「殺された巳之助って男は何者なんだい？」

「あたしもよくは知らないんですけど、お恵《けい》ちゃんの間夫《まぶ》だったようですよ」

お恵とは、巳之助とともに殺された若い踊り子のことである。

お品の話によると、両国薬研堀《やげんぼり》の料理茶屋『四季楼《しきろう》』で、客と踊り子として出会ったのが、そもそもの二人の馴《な》れそめだという。

「噂《うわさ》によると、巳之助って人は男前で羽振《はぶ》りがよくて、お恵ちゃんのほうがぞっこんだったそうですよ」

「それにしても、わからねえな」

丈吉は首をかしげた。

「何がです？」

「盗っ人にねらわれるほど、お恵は金を持っていたのかい？」

「お恵ちゃんは売れっ子でしたから、そこそこの蓄《たくわ》えは持っていたと思うんですけど、でも、踊り子の稼ぎなんて高《たか》がしれてますからねえ。お金がねらいでお恵ちゃんの家に押し入ったとすれば、よっぽど目のない盗っ人ですよ」

もっともな理屈である。千坂唐十郎の推量どおり、賊のねらいはやはり巳之助の命だったのだろう。

「さて」

と四杯目の茶を飲み干して、丈吉は腰を上げた。

「すっかり長居しちまって。すまなかったな」

「こちらこそ、お忙しいところお引き止めして申しわけありません。近くにきたらまたお立ち寄りくださいな」

「ああ」

お品に礼をいって、丈吉は部屋を出た。

丈吉の報告を受けた千坂唐十郎は、陽が落ちるのを待って両国薬研堀に足を向けた。

薬研堀には、矢ノ倉《やくら》御米蔵に船で米を運ぶために大川から引き込んだ堀幅の広い入り堀が流れているが、元禄《げんろく》十一年（一六九八）の大火によって御米蔵が焼失後、その跡地に大小の商舗や料亭、料理茶屋、小料理屋、居酒屋などが立ち並び、現在は江戸有数の歓楽街として賑わっていた。

料理茶屋『四季楼』は、入り堀北岸のもっとも繁華《はんか》な場所の一角にあった。

桟瓦葺《さんがわらぶ》きの大きな二階家で、軒端《のきば》に吊《つ》るされた無数の雪洞《ぼんぼり》が朱塗りの格子《こうし》窓を明々《あかあか》と照らし出し、吉原の妓楼《ぎろう》を想わせる華美な景観をかもし出していた。

中に入ると、奥から中年の仲居が出てきて、唐十郎を丁重に二階座敷に案内した。八畳ほどの小粋《こいき》な造りの座敷である。次の間には艶《なま》めかしい夜具が敷きのべてある。

すぐに酒肴の膳部が運ばれてきた。

「踊り子さんをお呼びしましょうか」

酌をしながら、仲居が訊いた。

「いや」

と唐十郎はかぶりを振り、懐中から一朱銀を取り出して仲居に手渡した。一朱は銭に換算して二百五十文。仲居への心付けとしては破格の額である。一瞬、仲居は信じられぬような目で手のひらの一朱銀を見つめた。

「少々、訊《たず》ねたいことがあるのだが」

「どんなことでございましょう」

仲居は満面の笑みで訊き返した。

「この店に巳之助という男が出入りしていたと聞いたが」

「巳之助さん？　ああ、以前はよくお見えになってましたけど、最近はさっぱり見かけませんねえ」

仲居は昨夜の事件をまだ知らないようだ。巳之助の素性について訊ねると、歳は二十七、八。遊び人ふうの男前で、踊り子たちに大もてだったと仲居は応えた。

「羽振りがよかったそうだな」

「ええ、お金離れのいい人でしてね。うちにとっても上客でしたよ」

「何をしていたんだ？　その男は」

「さあ、そこまでは、わたしも……」

首を振る仲居に、唐十郎は矢継《やつ》ぎ早《ばや》に詰問《きつもん》した。

「この店にくるときは、いつも一人だったのか」

「二、三人でお見えになることもありましたよ」

「どんな連中だった？」

「遊び仲間といった感じでした。一人はたしか伊左次《いさじ》さんで、もう一人は常吉《つねきち》さんという名でしたが、そういえば……」

仲居はふと何かを思い出したような表情で、

「いつでしたか、伊左次さんという人が一人でお見えになったことがあります」

「一人で？」

「何でも、博奕《ばくち》で大儲《もう》けしたとかで、踊り子さんを三人も呼んで、大盤振《おおばんぶ》る舞いをしていきましたよ」

「博奕か――」

「失礼ですが」

仲居がけげんそうな面持ちで唐十郎を見た。

「ご浪人さんと巳之助さんとは、どういう関わりが？」

「いや、なに……」

唐十郎は言葉を濁した。

「知り合いから巳之助の居所を捜すように頼まれただけだ」

「そうですか」

仲居はそれ以上訊かなかった。一朱の心付けに「詮索無用《せんさく》」の意が込められていることを心得ているのである。

「では、わたしは仕事がありますので」

両手を突いて丁寧に頭を下げると、仲居はそそくさと座敷を出ていった。

四

『四季楼』を出た唐十郎は、その足で馬喰町二丁目に向かった。

どういうわけか、昔から馬喰町には付木屋《つけぎ》が多く、江戸の市民からは「馬喰町付木」の名で親しまれていた。ちなみに付木とは、杉や檜《ひのき》を薄く削った木片の一端に硫黄《いおう》を塗ったもので、竈《かまど》に火を焚《た》きつけるときに用いる、現代のマッチのようなものである。

馬喰町二丁目の通りから一本裏に入った路地角に、『稲葉屋《いなば》』の屋号を記した付木屋があった。腰高《こしだか》障子を引き開けて中に入ると、板敷きの作業台で付木に硫黄を塗っていた四十なかばのずんぐりした男が顔を上げて、

「やあ、千坂の旦那、おひさしぶりです」

にっと笑って頭を下げた。見るからに日当たりの悪そうな面貌《めんぼう》をしたこの男が、『稲葉屋』のあるじ・重蔵《じゅうぞう》である。

「精が出るな」

「へへへ、貧乏暇《ひま》なしでさ。どうぞお当てくださ い」

重蔵は唐十郎に座布団をすすめた。店の中には硫黄の臭いが充満している。

「おまえさん、よく平気だな」

「へ?」

「この臭いだ」

「ああ、あっしはもう慣れやしたが、……窓を開けやしょう」

立ち上がって仕事場の奥の小窓を開けると、唐十郎の前に膝をそろえて座り、

「仕事ですかい?」

と探るような目つきで訊いた。

「大黒屋から話は聞いてるな？」

「へい」

金壺眼《かなつぼまなこ》をぎらりと光らせて、重蔵はうなずいた。

十数年前まで、重蔵は「夜鴉小僧《よがらす》」の異名を取る名うての盗賊だったが、現在は足を洗って付木屋をいとなむかたわら、公事宿『大黒屋』の下座見《げざみ》をつとめている。

下座見とは、本来、江戸城の見附《みつけ》や番所の下座台で、諸大名・老中《ろうじゅう》・若年寄《わかどしより》などの行列の通過・往来を見て町民に下座の注意を与える足軽のことをいうが、それが転じて、世間の情報に通じた者、あるいは特定の業界に通暁《つうぎょう》した者を下座見と称するようになった。現代ふうにいえば「情報屋」である。

唐十郎は『四季楼』の仲居から聞き出した話を重蔵に伝え、

「殺された巳之助の遊び仲間に伊左次と常吉という男がいるのだが、その二人を捜し出せば巳之助殺しの謎《なぞ》が解けるかもしれぬ」

「何か手がかりでも？」

「伊左次という男は、博奕好きだったらしい。わかっているのはそれだけだ」

「それだけで十分でさ」

重蔵はにやりと笑って見せた。

「わかりやした。さっそく……」

といいさしたとき、腰高障子が開いて、近所の商家の内儀《ないぎ》らしき女が入ってきた。

「いらっしゃいまし」

「付木を五束《たば》ほどもらいたいんですけど」

「かしこまりました」

唐十郎は何食わぬ顔で腰を上げ、「邪魔したな」といって店を出ていった。

客の女が付木の束を受け取って出ていくのを戸口で見送ると、重蔵は表の軒行燈《のきあんどん》の灯《ひ》を吹き消し、戸締りをして奥の部屋に引っ込んだ。

六畳ほどの茶の間である。そこで手早く身支度をととのえ、勝手口から裏路地に出た。

漆黒《しっこく》の夜空に青白い月がぽっかり浮かんでいる。

風もなく、おだやかな夜だが、張り詰めた夜気は凍《い》てつくように冷たい。

重蔵は肩をすぼめながら足早に路地を抜けて、馬喰町の大通りに出た。

通りの両側に立ち並ぶ商家のほとんどは、もう大戸を下ろしていた。

寒々と揺れる灯影《ほかげ》の中に、まばらな人影が行き交っている。

大通りを西に五、六丁行くと、前方に木橋が見えた。浜町堀《はまちようぼり》に架かる緑橋《みどり》である。

重蔵は橋の東詰を左に曲がり、掘割り沿いの道を南をさして歩を進めた。

栄橋《さかえ》を過ぎたあたりから町家の灯が絶えて、堀の両岸に武家屋敷の塀が目立つようになった。この界隈はほとんど武家地で占められているので正式な町名はなく、

〈浜町河岸《がし》〉

の通称で呼ばれている。

重蔵が向かったのは、その浜町河岸の一角にある旗本・大久保《おおくぼ》伯耆守《ほうきのかみ》の下《しも》屋敷だった。

大身旗本の下屋敷は、緊急時の避難場所として幕府から下賜《かし》されたものだが、ふだんは空き家同然で、当主が見えることはめったになかった。屋敷を管理しているのは数人の家来だけである。

そこに目をつけた渡り中間《ちゆうげん》たちが、中間部屋を博奕場にして荒稼ぎしていた。武家屋敷は町奉行所の手が届かぬ治外法権だし、屋敷詰めの家来たちも寺銭《てらせん》の

分け前にあずかれるので、

「見て見ぬふり」

を決め込んでいるのだ。

——伊左次という男は、博奕好きだったらしい。

千坂唐十郎からそう聞かされた瞬間、重蔵の脳裏《のうり》に真っ先に浮かんだのは、大久保伯耆守の下屋敷の中間部屋だった。そこは日本橋・両国界隈でもっとも規模の大きな賭場《とば》として、博奕打ちのあいだでつとに知られていたからである。

入江橋《いりえ》の手前の小路を左に折れると、右手に大久保伯耆守の下屋敷の長大な築《つい》地《じ》塀がつづいている。重蔵は築地塀に沿って裏門に廻った。

門の大扉は閉ざされていたが、横のくぐり戸が開いていて、戸口の暗がりに紺《こん》看板《かんばん》に梵天帯《ぼんてんおび》の四十がらみの中間が立っていた。

「こんばんは。お寒うございます」

重蔵が声をかけると、中間は陰険そうな目つきでじろりと一瞥《いちべつ》し、

「遊びにきたのかい？」

「へい」

「おまえさん、初見のようだが……」

「馬喰町の付木屋『稲葉屋』のあるじ・重蔵と申します。小半刻ほど遊ばせていただきたいのですが」

中間は舐めるような視線で重蔵の風体《ふうてい》を検《あらた》めると、

「よし」

とうなずいて門内に招じ入れた。

「この径《みち》を行けばすぐわかる」

中間が指差したのは、満天星《どうだん》の垣根で仕切られた小径だった。その小径の突き当たりに中間部屋はあった。入口の板戸を引き開けて中に入ると、土間の奥に四畳ほどの板敷きがあり、銭箱の前に若い中間が所在なげに座っていた。

遊び客はそこで現金を駒札《こまふだ》に替えて、賭場に入るのである。駒札は矩形《くけい》の厚紙に黒漆《くろうるし》を塗ったもので、一枚が五十文に相当し、博奕打ちはこれを「鐚駒《びたごま》」と呼んでいる。

重蔵は一両の金子《きんす》を駒札に替えて、中廊下の奥の賭場に向かった。

賭場は二十畳ほどの板間で、中央に白木綿《しろもめん》の晒《さらし》でおおわれた盆茣蓙《ぼんござ》がしつらえてあり、そのまわりをお店者《たなもの》や小商人、職人、人足体の男たちが血走った目で取り囲んでいた。

盆の真ん中にあぐらをかいているのが壺《つぼ》振り、その真向かいに片膝立ちで座っている男が盆を取り仕切る中盆《なかぼん》である。座は壺振り側が半《はん》座、中盆側が丁《ちょう》座。

「ごめんなさいまし」

客たちに頭を下げながら、重蔵は半座の隅に腰を下ろした。

「さあ、張った、張った。半座が空いてるよ。半座はいないか」

中盆が客たちを煽《あお》り立てる。

丁座と半座の駒札が同数にならなければ勝負は成立しないのだ。重蔵が半座に駒札を五枚張ると、それにつられて三人の客が丁座から半座に駒札を移動させた。

「丁半、そろいました」

中盆の声を合図に、壺振りが壺を振る。

「勝負！」

壺が開く。

「五二《ぐに》の半」

どよめきがわき起こり、丁座に積まれた駒札がざざっと半座の客たちの手元に流れた。

「ちっ、また半目か……」

重蔵のとなりに座っていた男がぼやき声を発した。歳のころは三十五、六。丸顔に団子鼻《だんごっぱな》、口のまわりに黒々と不精髭《ぶしょうひげ》を生やした狸顔《たぬきがお》の男である。

「よし、今度こそ丁だ」

男は気を取り直して手持ちの駒札すべてを丁座に積み上げた。それを横目に見ながら、重蔵は十枚の駒札を半座に張った。

「丁半、そろいました。勝負！」

賽《さい》が振られ、壺が開く。

「一六《ぴんろく》の半」

丁座の客たちから大きなため息が洩れた。重蔵のとなりに座っていた狸顔の男ががっくりと肩を落として、「ついてねえや」とつぶやきながら腰を上げようとするのへ、

「よかったら、これを使ってくんな」

重蔵が十枚の駒札を差し出した。男は一瞬、きょとんと見返したが、

「いいんですかい？」

「ああ、そのうちおめえさんにもツキが廻ってくるだろう。儲かったら返してく

れりゃいいさ」

「へへへ、じゃ、お言葉に甘えやして」

喜色満面《きしょくまんめん》で駒札の束を受け取ると、男はそれをすべて丁座に張った。

半目が三度もつづいたので丁座に駒札が集中している。重蔵は駒札の束を抱えたまま、しばらく思案顔で盆を見つめていたが、

(よし)

と意を決するように、手持ちの駒札を全部半座に積み上げた。半目の流れは止まらないと見て、一気に勝負に出たのである。客の何人かが重蔵の勝ち運に乗って、半座に駒札を張り替えた。

「丁半、そろいました。勝負！」

中盆の声で賽が振られ、壺が開いた。

「四五《しんごん》の半」

また、どよめきがわき起こった。狂喜する半座の客たちを、中盆が「お静かに、お静かに」とたしなめている。

「だめだ。今夜はついてねえ」

狸顔の男がうめくようにつぶやきながら、ちらりと重蔵に目をやって、

「旦那さん、ごらんのような有り様で、申しわけございやせん。この借りは、いずれかならず……」

深々と頭を下げた。

「なあに、気にすることはねえさ。それより験《げん》直しにそこらへんで一杯やらねえかい」

「お付き合いしたいのは山々なんですが、なにしろ素寒貧《すかんぴん》なもんで」

「金のことなら心配いらねえよ。さ、行こう」

小声で男をうながし、中盆に一礼して重蔵は腰を上げた。

五

大久保伯耆守の下屋敷を出た二人は、入江橋の上流に架かる小川橋《おがわ》を渡り、浜町堀西岸の難波《なにわ》町に足を向けた。

難波町は吉原遊廓が浅草田圃《たんぼ》に移転する前の旧地で、浜町堀に面した通りには現在も十数軒の飲み屋が軒を連《つら》ね、往時《おうじ》の名残《なごり》をとどめている。

二人が足を踏み入れたのは、小川橋の西詰にある『布袋《ほてい》屋』という居酒屋だった。

店内はほぼ満席だったが、重蔵は目ざとく空いた席を見つけ、注文を取りにきた小女《こおんな》に燗酒《かんざけ》四本と烏賊《いか》の塩辛《しおから》、かれいの煮つけ、香の物などを頼んで腰を下ろした。

運ばれてきた酒を「まずは近づきのしるしに一杯」といって、重蔵が酌をすると、男は米つき飛蝗《ばった》のようにぺこぺこと頭を下げて、

「申し遅れやした。あっしは神田白壁町《しらかべ》の屋根職人で惣六《そうろく》と申しやす」

「おれは馬喰町の付木屋で、重蔵って者《もん》だ。ま、遠慮なくやってくんな」

「恐れいりやす」

「おめえさん、あの賭場にはよく出入りしているのかい？」

「へえ。三度の飯より博奕が好きなもんで……」

そういって、惣六と名乗った男は口をゆがめて照れるように笑い、

「ほとんど毎晩のように通っておりやす」

「毎晩か。……かみさんはよく黙ってるな」

「かかァには愛想《あいそ》をつかされやした」

「それじゃ、いまは……？」

「男やもめの独り暮らしで。身から出た錆《さび》ってもんでござんす」

「似たような話だな」

「てえと、重蔵さんも？」

「ああ、おれも若いころは散々遊んだ。おかげでこの歳になってもやもめ暮らしよ」

「そうですかい。そいつはお寂しいことで」

「お互いにな」

重蔵は苦笑を浮かべながら、「ところで、惣六さん」と話題を変えた。

「あの賭場に伊左次って男が出入りしてなかったかい？」

「へえ。伊左さんならよく知っておりやすよ。やたらに金廻りのいい男でしてね。毎晩派手な博奕を打っておりやしたが、このところさっぱり姿を見かけやせん」

「いつも一人できてたのかい？」

「大方は一人でしたが、たまに相棒を連れてくることがありやした」

「相棒？」

「名前はたしか、常吉さんとか。日本橋小網《こあみ》町の船宿で働いていたことがあるそうで、二十五、六のやさ男でしたよ」

「ふーん」

「伊左さんがどうかしたんで？」

惣六がけげんそうな目で訊き返した。

「やつにはちょいと貸しがあってな」

「貸し？　てえと、これですかい？」

惣六は指で丸を作ってみせた。

「ああ、半月ほど前に浅草の賭場で一両ばかり貸してやったんだが、それっきり音沙汰がねえんだよ」

「金に締まりのない男でしたからねえ。忘れちまったんじゃねえでしょうか」

「おれにとって一両は大金だ。忘れられたら困る。おめえさん、伊左次の居所は知らねえかい？」

「いつだったか、賭場の帰りに伊左さんの家に招ばれて酒をごちになったことがありやす。なんでしたら、あっしがご案内しやしょうか」

「ああ、そうしてもらえれば助かる」

それから半刻（一時間）ほど他愛《たわい》のない世間話をしながら、酒を酌み交わした

あと、

「じゃ、遅くならねえうちに」

と重蔵が腰を上げた。

「すっかりごちになりやして」

惣六は恐縮するように肩をすぼめ、ぺこぺこと何度も頭を下げながら、重蔵のあとについて居酒屋を出た。

「伊左次の家《やさ》はどこなんだい？」

浜町堀の掘割り通りを歩きながら、重蔵が訊いた。

「本所相生町《あいおい》で」

「何か商《あきな》いでもやってるのか」

「さあ、そこまでは、あっしも……」

首を振りつつ、惣六は寒そうに身をすくめた。浜町堀の水面《みなも》を吹き渡ってくる夜風が、酒で火照《ほて》った顔に針のように突き刺さってくる。

寒い、寒いとつぶやきながら、二人は足を速めた。

両国広小路《ひろこうじ》に出たところで、浅草寺《せんそうじ》の時の鐘が四ツ（午後十時）を告げはじめた。

この寒空にもかかわらず、広小路はあいかわらずの人出である。

二人は雑踏《ざつとう》を縫《ぬ》うようにして両国橋を渡り、竪川《たてかわ》沿いの道を東に向かった。

本所相生町は、竪川の北岸に東西に連なる細長い町屋で、西端の一《ひと》ツ目《め》橋から二《ふた》ツ目《め》橋にかけて一丁目から五丁目まである。

「たしか、このへんだったが……」

二ツ目橋の手前で、先を行く惣六が歩度をゆるめてあたりを見廻し、

「あ、あの路地だ」

と思い出したように左手の路地を指さした。軒の低い小家が連なる細い路地である。その路地を半丁（約五十メートル）ほど北に行った闇溜《だ》まりで、惣六は足を止めた。

「この家です」

間口三間ほどの小さな平屋である。

「間違いねえな」

重蔵が念を押すと、惣六は「へえ」とうなずいて戸口に歩み寄り、

「伊左さん、いるかい？」

と障子戸越しに声をかけたが、応答はなかった。そっと戸を引き開けて、二、

三度中に声をかけてみたが、やはり応答はなく、人が出てくる気配もなかった。

「留守のようで」

「そのうちもどってくるかもしれねえ。中で待たせてもらおうか」

と三和土に踏み込んだ瞬間、重蔵の目が鋭く光った。上がり框に土足の跡がくっきりと残っている。明らかに何者かが侵入した形跡である。

「足跡だ」

「え？」

惣六が瞠目《どうもく》した。

重蔵は上がり框に土足のまま踏み上がり、正面の障子を静かに引き開けて部屋の中に入ると、手さぐりで火打ち石を探し出し、すみに置いてあった丸行燈に灯を入れた。

ぽっと淡い明かりが部屋の中に散った。

以前は居職《いじょく》の職人の仕事場として使われていたのだろう。家具も調度もない、六畳ほどの殺風景な板間である。その板敷きにも複数の足跡が残っていた。

「この奥は……？」

背後に突っ立っている惣六に、重蔵が小声で訊いた。

「茶の間になっておりやす」

無言でうなずくと、重蔵は奥の唐紙を一気に引き開けた。次の瞬間、

（あっ！）

反射的に数歩跳びすさった。その目に飛び込んできたのは、血まみれで壁にもたれている無惨な男の姿だった。左肩口から右脇腹にかけて着物がざっくり斬り裂かれ、胸元にべっとりと血が付着している。

「い、伊左さん！」

驚声を発する惣六を、「しっ」と制して、重蔵は死体のそばに歩み寄った。
二十五、六の髭の濃い男である。いきなり賊に斬りつけられて、背中から壁に倒れ込んだのだろう。男がもたれている土壁にもべっとりと血が付着していた。
だが、よく見るとその血は赤黒く凝結していた。

死体に付着している血も膠《にかわ》のように固まっている。

「殺されてから一日以上はたってるな」

火鉢の炭火もすっかり燃えつきている。

「も、物盗りの仕業ですかね」

惣六が声を震《ふる》わせて訊いた。

「さあな」

首をかしげながら、重蔵は部屋の中を見廻した。物色された形跡はなかった。賊のねらいが伊左次の命だったことは一目瞭然《りょうぜん》である。

「ば、番屋に知らせやしょうか」

「いや」

と重蔵はかぶりを振った。

「面倒なことに関わりを持たねえほうがいい」

「け、けど……」

「町方にあれこれと詮索されて、博奕場に出入りしていたことがばれちまったら、それこそ藪蛇《やぶへび》だ。何も見なかったことにしようぜ」

「へえ」

「念のために裏口からずらかろう」

棒立ちになっている惣六をうながして、重蔵はひらりと背を返した。

第二章　消えた男

一

トン、トン、トン……。

俎板《まないた》を叩《たた》く軽やかな音がひびいてくる。千坂唐十郎はその音で目を醒《さ》ました。

（ここは……？）

一瞬、自分がどこにいるのかわからず、いぶかる目で薄暗《うすぐら》い部屋の中を見廻《みまわ》した。

雨戸を閉めきった部屋の中には、酒の臭いと髪油《かみあぶら》の香り、甘酸っぱい女の肌の匂いが立ち込めている。

（そうか）

すぐに思い出した。昨夜、ひさしぶりに浅草元鳥越の小料理屋『ひさご』に立ち寄り、九ツ（午前零時）過ぎまで女将《おかみ》のお喜和《きわ》と酒を酌《く》み交《か》わし、そのまま二階の部屋に泊まり込んでしまったのである。

むっくり布団《ふとん》から起き上がると、唐十郎は窓の障子《しょうじ》を開けて雨戸を引いた。とたんに眩《まばゆ》いばかりの陽光と朝の冷気が射し込んできた。

ふわっ。

と欠伸《あくび》をしながら、唐十郎は寝巻を脱《ぬ》ぎ捨て、下帯ひとつになった。筋骨隆々たる裸身が朝陽《あさひ》を浴《あ》びて赤銅《しゃくどう》色に光っている。

着替えをすませたとき、ふいに階段に足音がひびき、

「お目覚めですか」

女将のお喜和が入ってきた。歳は二十六。色白で派手な面立《おもだ》ちをした女である。豊満な体から女盛りの色気がむんむんとただよってくる。

「いま何刻だ?」

「五ツ（午前八時）を少し廻ったころです」

「五ツか。すっかり寝過ごしてしまったな」

「よくお休みになられていたので、起こしたら気の毒だと思いましてね」

「それにしても、よく寝たものだ」

「雷のようないびきをかいてましたよ」

「ゆうべはひさしぶりに燃えたからな」

「まあ、旦那《だんな》ったら……」

お喜和は恥じらうように頰《ほお》を染めて微笑《わら》い、

「朝ご飯の支度《したく》ができてますよ」

といって、階段を下りていった。

唐十郎は手早く袴《はかま》をはき、枕辺に置かれた愛刀・左文字国弘をつかみ取って階段を下りた。階下は五、六坪の小さな店になっている。階段の下に四畳ほどの小座敷があり、その奥に板場と土間があった。お喜和は、この店を女手ひとつで切り盛りしている。

唐十郎は土間に下りて水瓶《みずがめ》の水を盥《たらい》に注いで顔を洗い、小座敷に上がった。二つ並んだ箱膳《はこぜん》の上に炊《た》きたての飯や味噌《みそ》汁、野菜の煮つけ、干魚《ひうお》の焼き物などがのっている。

「何もありませんけど、どうぞ」

「おまえの手料理は何よりの馳走《ちそう》だ。すまんな」

二人は差し向かいで食べはじめた。

「このところすっかりお見かぎりでしたけど、お仕事、忙しいんですか」

箸《はし》を運びながら、お喜和が訊《き》いた。

「うむ。まあ……」

唐十郎はあいまいにうなずいた。お喜和は唐十郎の〝裏仕事〟を知っているのだ。

「おとといの晩、橘町で四人も人が殺されたって聞きましたけど、ひょっとして旦那、その事件を？」

「勘がいいな。図星《ずぼし》だ」

苦笑しながら、唐十郎は殺された四人の中に『大黒屋』と懇意《こんい》にしていた南町奉行所の定町廻《じょうまちまわ》り同心・杉江辰之進がいたことを打ち明け、

「朋輩《ほうばい》が殺されたというのに、町方《まちかた》役人はまったくやる気を見せないそうだ。それでおれに出番が廻ってきたというわけさ」

「そう」

話を聞いて、お喜和は暗澹《あんたん》と溜息をついた。

「町方のお役人が殺されるなんて、物騒な世の中になったものですねえ。旦那もせいぜい気をつけてくださいよ。明日は我が身ってこともあるんですから」

「………」

唐十郎は黙々と箸を運んでいる。

「お代わり、いかがです?」

「いや、もういい」

「お茶をいれましょう」

食べおえた膳を座敷の隅に片付けると、お喜和は湯飲みに茶を注ぎながら、

「ねえ、旦那」

と真剣な眼差《まなざ》しで唐十郎の顔を見つめた。

「いまの仕事、いつまでつづけるつもりなんですか」

「さあな。……先のことはおれにもわからん」

湯飲みを茶盆《ちゃぼん》にもどして、唐十郎はけげんそうに見返した。

「しかし、なぜそんなことを?」

「心配なんですよ。旦那にもしものことがあったら、と……」

「お喜和」

ふいに唐十郎の手がお喜和の肩に伸びた。

「案じるな。おれだって命が惜しい。この世にまだ未練もある。そう簡単にくたばりゃしないさ」

いいながら、お喜和の体をやさしく引き寄せ、口を吸った。

「ああ……」

やるせなげにお喜和が身もだえする。

唐十郎は唇《くちびる》を重ねながら、右手をお喜和の腋《わき》の下に廻し、身八口《みやつぐち》から胸元に手をすべり込ませた。指先に豊かな乳房の感触が伝わる。搗《つ》きたての餅《もち》のように温かく弾力のある乳房である。それをわしづかみにして揉《も》みしだいた。

「あ、旦那、朝っぱらから、そんな……」

お喜和はいやいやをするように首を振った。だが、半眼に開いたその目はうるみ、頬は生き生きと上気している。

「あ、ああ……」

昨夜の情事の残り火が、ふたたびお喜和の体の中で燃え立ちはじめた。

唐十郎はお喜和を横抱きにしたまま体を倒し、左手で着物の裳裾《もすそ》をはらった。白磁《はくじ》のように艶《つや》やかで肉《しし》おきのよい太股《ふともも》があらわになる。

唐十郎の指先が股間に伸びた。みっしり繁《しげ》った秘毛はもう湿り気を帯《お》びている。

「あっ」

お喜和が小さな声を発してのけぞった。唐十郎の指が秘孔に侵入したのである。

「だ、旦那」

思いもよらぬ力で唐十郎にしがみついてきた。熱い吐息が唐十郎の耳朶《じだ》に吹きかかる。お喜和は狂おしげに身をよじりながら、唐十郎の股間に手を差し入れ、袴の上から怒張した一物をにぎりしめた。

「旦那も……、こんなに元気になって……」

「欲しいか」

「じらさないでくださいな」

あえぎあえぎ、お喜和がいう。

唐十郎は体を起こして、もどかしげに袴を脱ぎはじめた。と、そのとき、ふいに表に人の気配がした。

「誰かきたぞ」

脱ぎかけた袴を思わず引き上げた。

「え」

お喜和もあわてて起き上がり、乱れた裳裾を素早く直して、

「こんな朝早く、誰かしら?」

と小首をかしげながら小座敷を下りた。

「ごめんよ」

声とともに、からりと格子戸《こうし》が開いて男が入ってきた。『稲葉屋』の重蔵である。右手に小さな風呂敷包みを下げている。

「あら、重蔵さん」

「千坂の旦那、きてるかね?」

「ええ、お見えですよ」

うなじのほつれ毛をかき上げながら、お喜和は何食わぬ顔で応《こた》えた。

重蔵の声を聞いて、小座敷の衝立《ついたて》の陰から唐十郎が顔をのぞかせた。

「おう、重蔵か」

「先ほど旦那の家にうかがったんですがね。お留守だったので、こちらにいるんじゃないかと思いやして」

「何かわかったか?」

「へえ」

うなずきながら、重蔵は意味ありげな目つきでいった。

「お邪魔《じやま》でしたか」

「なに、ちょうどいま朝飯を食べおえたところだ」

「そうですかい」

「お茶をいれますから、どうぞ、お上がりくださいな」

ぎこちない笑みを浮かべながら、お喜和は朝食の膳を片付けて、板場に去った。

「失礼しやす」

ぺこりと頭を下げて小座敷に上がると、重蔵は声をひそめていった。

「伊左次《やさ》の家を突き止めやしたよ」

「で、話は聞き出せたのか？」

「それが……」

と重蔵は眉《まゆ》を曇《くも》らせた。

「野郎は殺されておりやした」

「殺された？」

「得物は刀のようで。左肩口から胸にかけてばっさり……」

重蔵は手刀で自分の胸を斬《き》る真似をして見せ、

「傷口の血が固まっていたところを見ると、おそらく、おとついの晩に殺されたんじゃねえかと」

一昨日の晩といえば、巳之助が殺された夜である。同じ下手人の仕業《しわざ》に違いないと重蔵は断言した。

「となると、残るのは一人……」

唐十郎が険《けわ》しい顔でつぶやいた。

「常吉という男だな」

「その常吉ですが、日本橋小網町の船宿で働いていたことがあるそうで」

「船宿か……」

そこへ、お喜和が茶を運んできて、「どうぞ」と重蔵の膝前《ひざまえ》に置いた。

「すまねえな。お喜和さん」

「どういたしまして」

「あ、そうそう」

思い出したように、重蔵は風呂敷包みを開いた。中身は付木《つけぎ》の束《たば》である。

「よかったら、これを使っておくんなさい」

「あら、すみませんねえ。ちょうど付木が切れたところなので助かります」

「じゃ、あっしはこれで……」

茶をひとすすりして重蔵が腰を浮かせると、「おれも退散しよう」と唐十郎もいそいそと立ち上がり、土間に立っているお喜和に、

「馳走になったな、女将」

と他人行儀に礼をいって、小座敷を下りた。

「また、お立ち寄りくださいな」

未練を残した目で唐十郎をちらりと見やり、お喜和は二人を送り出した。

二

「ひさしく会わねえうちに、お喜和さん、また一段と女っぷりが上がりやしたねえ」

鳥越川に架かる天王橋《てんのう》を渡りながら、重蔵が薄笑いを浮かべていった。

唐十郎はふところ手のまま、無言で歩いている。

「旦那は果報者《かほうもの》だ」

「果報者？」

「一緒になる気はねえんですかい？」

「いきなり、そうきたか」

唐突《とうとつ》な問いに唐十郎は苦笑したが、重蔵は大真面目《まじめ》である。

「お喜和さんの気持ち、旦那もご存じなんでしょう」

「まあな」

「この先、どうするつもりなんで？」

「いずれはけじめをつけなければならんと思っている。だが……」

いいさして、唐十郎は橋の左側に歩を寄せた。米俵を満載にした大八車が轟音《ごうおん》をひびかせて橋を渡ってきたのである。

——エンサカホイ、ソレサカホイ、ヤレサカホイ
車力《しやりき》たちが威勢のいいかけ声を発して通り過ぎてゆく。

浅草の御米蔵から運び出された御用米の荷車である。

土埃《つちぼこり》を巻き上げて走り去る大八車を見送りながら、唐十郎が語をついだ。

「この稼業をつづけているかぎり、当分無理だろう。おれに万一があったら、お喜和の身にも累《るい》がおよぶからな」

「へえ」

感じ入るように重蔵は深々とうなずいた。

もう十五、六年前の話だが、重蔵も一度だけ本気で女に惚《ほ》れたことがある。武州川越の場末の居酒屋で小女《こおんな》として働いていたおみのという若い女である。

おみのに一目惚れした重蔵は、盗《ぬす》っ人《と》稼業から足を洗う決意をし、川越の造り酒屋から盗み出した百五十両の金《かね》を独り占めにして、おみのと一緒に江戸に逃げようとした。

ところが、それに気づいた二人の盗っ人仲間が重蔵の隠れ家を急襲、激しい斬り合いになった。その巻き添えを食っておみのは殺されてしまったのである。

そんな苦い経験があるだけに、唐十郎の気持ちは痛いほどよくわかるのだ。

「ところで、旦那」

思い直すように、重蔵がいった。

「常吉が働いていたという船宿を当たってみやしょうか」

「いや」

と唐十郎はかぶりを振って、

「おまえさんの手をわずらわせるまでもないだろう。丈吉に訊けばわかるかもしれん」

「無事でいてくれりゃいいんですがねえ」

重蔵がぼそりとつぶやいた。常吉のことである。これまでの経緯《いきさつ》を考えると、常吉が無事でいるという保証は何もなかった。すでに殺されているとすれば、そこで事件解明の糸口はぷっつりと途切れる。重蔵はそれを懸念しているのだ。

「無事でいてくれることを祈るしかあるまいな」

独語するようにいうと、唐十郎は歩度《ほど》を速めた。

浅草御門《ごもん》橋の北詰で重蔵と別れると、唐十郎はその足で柳橋に向かった。

空は雲ひとつなく晴れ渡り、降り注ぐ陽差《ひざ》しが冬枯れの川原を黄金《こがね》色に染めている。

風もなく、この時季にしてはめずらしくおだやかで暖かい朝だった。

唐十郎は土手道を下りて、柳橋の船着場に足を向けた。

船着場は吉原からの帰り舟で混雑していた。

「お待たせしやした」

「お足元にお気をつけて」

猪牙舟《ちょきぶね》の船頭たちは客を桟橋《さんばし》に下ろすと、すぐさま舳先《へさき》をめぐらし、先を争うように船着場を出ていった。その流れが一瞬途切れたときである。一艘の猪牙舟が商家の若旦那ふうの男を乗せてゆっくり入ってきた。

水棹《みさお》を操っているのは、丈吉である。

「へい。お待ちどおさま」

客を桟橋に下ろして、ふたたび舟を押し出そうとしたとき、丈吉の目がふと石垣の上に向けられた。唐十郎がふところ手で立っている。

丈吉は手早く猪牙舟を桟橋の杭《くい》にもやい、石段を駆け上がっていった。

「旦那……」

「朝から精が出るな」

「猪牙舟の船頭にとっちゃ、この時刻が一番の稼《かせ》ぎどきなんで。……あっしに何か御用で？」

「少々訊きたいことがある。そのへんで一服つけぬか」

あごをしゃくって丈吉をうながすと、唐十郎は背を返して歩き出した。

船着場から川下へ半丁（約五十メートル）ほど行ったところに、『お休み処』の幟旗《のぼりばた》をはためかせた葦簾《よしず》がけの茶店があった。猪牙舟の船頭や船宿の奉公人を相手に飲み物や茶菓を商《あきな》う床店《とこみせ》である。時刻が早いせいか客の姿はなく、老婆がひとり、店の奥で所在なげに茶を飲んでいた。

「いらっしゃいまし」

二人の姿を見て、老婆が揉み手しながら出てきた。

「甘酒を二つ、もらおうか」

「かしこまりました」

二人は店先の床几《しょうぎ》に腰を下ろした。間もなく老婆が甘酒を運んできた。ちなみにこの時代の甘酒は、もち米の粥《かゆ》に麴《こうじ》をまぜてとろ火で六、七時間煮込んだ重湯《おもゆ》のようなもので、アルコール分はほとんどない。現代でいうソフトドリンクである。

「で、あっしに訊きたいってことは……？」

甘酒をすすりながら、丈吉が上目づかいに唐十郎を見た。

「巳之助の遊び仲間に常吉という男がいるんだが、心当たりはないか？」

「常吉？」

「以前小網町の船宿で働いていたことがあるそうだ」

「ああ、その男なら知っておりやすよ。半年前まで『船徳《ふなとく》』って船宿で板前をしておりやした。歳は二十四、五で、色白のやさ男でしたよ」

「その後の消息《しょうそく》はわからんか」

「さあ」

と首をかしげながら、丈吉は茶碗に残った甘酒を一気に飲み干して、

『船徳』に当たってみやしょうか」

「そうだな。……よし、おれも一緒に行こう」

床几に甘酒の代金を置いて、唐十郎は腰を上げた。


日本橋小網町は、日本橋川の東岸に南北に連《つら》なる細長い町屋で、思案橋《しあんばし》を中にして一丁目から三丁目までつづいている。

昔からこのあたりは舟運《しゅううん》の便がよく、廻船問屋や船宿、魚油《ぎょゆ》、鰹節《かつおぶし》、乾物《かんぶつ》、塩醤油《しょうゆ》、水油《みずあぶら》など、諸国から入る種々雑多な物資の問屋が軒《のき》を連ねている。

丈吉が舟をつけたのは、小網町二丁目の南はずれにある、俗に「鎧《よろい》の渡し」と呼ばれる渡し場だった。その呼称の由来について、物の書には、

「永承《えいしょう》年間（一〇四六～五三）、源《みなもとの》義家朝臣《よしいえあそん》、奥州征伐《おうしゅうせいばつ》のとき、この所より下総国《しもうさのくに》へ渡らんとす。時に暴風吹き荒れ、逆波《さかなみ》天を浸《ひた》し、すでにその船覆《くつがえ》らんとす。義家朝臣、鎧一領を海中に投じて竜神に手向《たむ》け、風波の難なからしめんことを祈請《きせい》す。遂《つい》につつがなく下総国に着岸ありしより、この所を鎧の淵《ふち》と呼べ

りなり」

と記されている。

「旦那はここで待っててておくんなさい」

唐十郎にそういい置いて、丈吉は船着場の石段を駆け上がっていった。

船宿『船徳』は渡し場のすぐ近くにあった。猪牙舟五艘、屋根舟三艘、屋形船一艘を所有し、夏は涼《すず》み客、冬場はおもに釣り客を相手に商いをしている老舗《しにせ》の船宿である。

「ごめんよ」

紺《こん》の大のれんを分けて土間に入ると、奥から五十年配の小柄な男が出てきた。顔見知りの儀助《ぎすけ》という下男である。丈吉の顔を見るなり、儀助はしわ面に笑みを浮かべて、

「やあ、丈吉さん、おひさしぶりです」

と愛想《あいそ》よく丈吉を迎え入れた。土間の奥の板間では、早朝の海釣りから帰ってきた客たちが、囲炉裏《いろりかこ》を囲んで酒を酌み交わしながら釣り談義に花を咲かせている。

「あいかわらず繁盛《はんじょう》してるようだな」

「おかげさまで。お茶を運ばせますので、どうぞ、お当てください」

と儀助は座布団をすすめたが、丈吉はそれを断って土間に立ったまま、

「儀助さん、つかぬことを聞くが」

「はい？」

「半年前までここで働いていた常吉って板前のことなんだが、その後、どこで何をしてるのか、心当たりはねえかい？」

「いえ」

と儀助は白髪《しらが》頭を振った。

「やめてから、まったく音沙汰《おとさた》がありませんので……」

以前住んでいた長屋も引き払ってしまい、その後の消息はまったくわからないという。

「常吉がここをやめたのは、何か理由《わけ》があってのことなのかい？」

「本人から直接に聞いたわけではありませんが、噂《うわさ》によると、ほかにもっといい仕事が見つかったそうで」

「もっといい仕事か」

「いまどきの若い連中は腰が落ち着きませんでねえ」

そういって儀助は苦笑した。

「常吉の仕事ぶりはどうだったんだい？」

「料理人としての腕はなかなかのものでしたよ。ただ、金づかいの荒い男でしてね。給金のほとんどは酒と女に消えていたようです」

「行きつけの店でもあったのかい？」

「北新堀《きたしんぼり》の『嵯峨《さが》屋』って飲み屋の女に入れ揚げていたそうで」

「『嵯峨屋』か」

その店は丈吉も知っていた。小網町からほど近い北新堀町にある銘酒屋で、江戸前の新鮮な魚料理と灘《なだ》の下り酒、そして粒揃《つぶぞろ》いの酌女がいることで評判の店だった。

「常吉がどうかしたのですか？」

儀助がけげんそうな顔で訊き返すのへ、

「いや、別に大したことじゃねえんだ。忙しいところ邪魔したな」

と軽く一礼して、丈吉は『船徳』を出た。

鎧の渡しの船着場にもどると、唐十郎が待ちかねたように、

「どうだ？　何かわかったか？」

丈吉は桟橋の杭に巻き付けた艫綱《ともづな》をほどきながら、『船徳』の儀助から聞き出した話を唐十郎に伝えた。

「飲み屋の女に入れ揚げていたか」

「ひょっとしたら、その女が常吉の居所《いどころ》を知ってるかもしれやせん」

唐十郎は思案顔であごを撫《な》でながら、

「『嵯峨屋』という飲み屋は、何刻ごろからやっているのだ？」

「口明けが暮れの七ツ（午後四時）で、店じまいは四ツ（午後十時）ごろだったと思いやす」

「そうか。よし、おれが探りを入れてみよう」

唐十郎はふところから小粒《こつぶ》二個を取り出して丈吉に手渡し、

「ご苦労だった。おれはここから歩いて帰る」

といって猪牙舟を下りた。

いったん神田多町の自宅にもどった唐十郎は、風呂を沸《わ》かして湯を浴び、寝間の万年床にもぐり込んだ。昨夜はひさしぶりにお喜和と肌を合わせ、精がつきるまで激しく睦《むつ》み合った。その疲れが出たのだろう。布団にもぐり込むなり、唐十郎は高いびきをかいて深い眠りに落ちていった。

三

どれほどの時間《とき》がたっただろうか。

喉《のど》の渇《かわ》きを覚えて、唐十郎は目を醒ました。

寝間には漆黒《しっこく》の闇《やみ》と底冷えのする夜気がしんしんと立ち込めている。

布団から抜けだして居間の行燈《あんどん》に灯《ひ》を入れると、唐十郎は台所の水瓶の水を杓《ひしゃく》ですくって喉を潤《うるお》し、身支度をすませて家を出た。

皓々《こうこう》と降り注ぐ月明かりが、家並みの屋根瓦《がわら》を青白く染めている。

路地を抜けて神田鍋町《なべちょう》の大通りに出たとき、日本橋石町《こくちょう》の時の鐘が鳴りはじめた。

月の高さから見て、五ツ（午後八時）の鐘だろう。

大通りを真っ直ぐ南に下がり、日本橋の北詰を左に折れて小網町に向かった。

河岸《かし》通りに立ち並ぶ商家や問屋は、すでに大戸を下ろしてひっそりと寝静まり、行き交う人影もなかった。今朝方《けさ》のにぎわいが嘘《うそ》のような静けさである。

日本橋川沿いに小網町二丁目から三丁目へと歩を進めると、前方に木橋が見えた。

行徳河岸と永久島《えいきゅう》をむすぶ箱崎橋《はこざき》である。その昔、このあたりに永井久世《ながいひさよ》という人物の屋敷があったことから、その頭文字をとって永久島と呼ばれるようになったという。

橋を渡ってすぐ左手が箱崎町で、その先に見える町屋が北新堀町である。

銘酒屋『嵯峨屋』は、箱崎町と新堀町の境の路地角にあった。

二階建ての大きな建物で、居酒屋というより規模の大きな小料理屋といった感じの店構えである。浅葱色《あさぎ》に『嵯峨屋』の屋号を赤く染め抜いた丈長《たけなが》ののれんをくぐって中に入ると、濃紺の法被《はっぴ》を着た下足番らしき初老の男が、いらっしゃいましと愛想笑いを浮かべて唐十郎を迎え入れた。

土間の奥に二十畳ほどの板敷きがあり、いくつかの衝立で客席が仕切られている。
四、五組の客が若い酌女をはべらして酒を酌み交わしていた。いずれも小網町界隈《かいわい》の旦那衆らしき身なりのよい男たちである。
唐十郎が席につくと、ほどなく酌女がやってきて唐十郎のかたわらにしんなりと腰を下ろした。歳は二十五、六か。酌女にしてはややとうの立った感じの女だが、口許に妙な色気があり、男好きのする顔だちをしている。女はお島《しま》と名乗った。

「ご浪人さん、はじめてですか？　この店は」

運ばれてきた酒を注ぎながら、お島と名乗った女は上目づかいに唐十郎を見た。

「ああ、噂には聞いていたが、なかなかいい店だな」

「ありがとう存じます」

「おまえも飲むか」

「いただいてよろしいんですか」

「遠慮にはおよばぬ」

「じゃ、お言葉に甘えて」

お島は艶然《えんぜん》と笑って猪口《ちょこ》を差し出した。唐十郎が酌《しゃく》をしながらいった。

「この店に常吉という男がよく通っていたそうだが」

「常吉さん？　ああ、『船徳』の板前さんですね」

注がれた酒をきゅっと飲み干して、お島が応えた。

「以前は毎晩のようにお見えになってましたけど、このところさっぱり姿を見かけませんねえ」

「目当ての女でもいたのか?」

「おようさんにご執心《しゅうしん》でしたよ」

「およう?」

「ほら、あの席についている……」

お島はちらりと背後を振り返って、奥の席に視線をやった。商家の旦那ふうの男二人を相手に酌をしている女がいた。歳のころは二十一、二。色白で目鼻だちのととのった美形である。

「あれがおようか?」

「美人でしょ」

「うむ。常吉が入れ揚げるのも無理はないな」

「うちでは一番の売れっ子ですからねえ。おようさん目当てのお客さんは常吉さんだけじゃありませんよ」

「だろうな」

「ご浪人さん、常吉さんをご存じなんですか」

「ああ、小網町の『船徳』で知り合ってな。この店を教えてくれたのも、常吉だ」

「そうですか。失礼ですが、ご浪人さんのお名前は？」

「千坂……、唐十郎だ」

「千坂さま、とお呼びしてよろしいですか」

「うむ」

「これをご縁に、ご贔屓《ひいき》のほどを」

媚《こ》びるような笑みを浮かべて、お島は酒を注いだ。

半刻ほどすると、急に店の中がざわめき出し、客たちが三々五々席を立ちはじめた。

「毎度ありがとうございます」

「またお越しくださいまし」

客を送り出した酌女たちが、あわただしく徳利《とっくり》や皿小鉢を片付けはじめた。気がつくと店に残っているのは、奥の席の二人の客と唐十郎だけになっていた。

「さて、おれもそろそろ……」

唐十郎が飲みさしの猪口を膳に置いて立ち上がろうとすると、お島は鼻にかか

った甘い声で、まだいいじゃありませんか、ゆっくりしていってくださいなと引き止めたが、

「所用を思い出したのだ。また寄らせてもらう」

と突き放すようにいい、唐十郎は酒代を払って腰を上げた。

『嵯峨屋』を出て四、五間行ったところで、唐十郎はふと足を止めて素早くあたりを見廻し、付近に人影がないのを見定めると、左手の路地に飛び込んだ。

人ひとりがやっと通れるほどの狭い路地である。

その闇溜《だ》まりにじっと身をひそめ、唐十郎は『嵯峨屋』の様子をうかがった。

四半刻ほどたったとき、ふいに唐十郎の目が鋭《するど》く動いた。

『嵯峨屋』の戸が開いて、二人連れの男が出てきたのである。最後まで店に残っていた商家の旦那ふうの男たちだった。

「ありがとうございました。お足元にお気をつけて」

二人を送り出してきたのは、おようという酌女だった。

「今夜も冷えるねえ」

「せっかくの酔いが醒めちまうよ」

寒そうに肩をすぼめながら、二人の男は足早に宵闇《よいやみ》の彼方《かなた》に去っていった。そ

れを見届けると、およう は戸口に立っている下足番らしき初老の男に、

「じゃ、お先に」

といって、踵《きびす》を返した。

時刻は五ツ半（午後九時）を過ぎたころだが、どうやらこれで店じまいをするようだ。下足番の男の姿が店の中に消えるのを待って、唐十郎は路地の暗がりから歩を踏み出し、およう のあとを追った。

およう は日本橋川に架かる湊《みなと》橋を渡りはじめた。橋の向こう側は霊岸島《れいがんじま》である。橋板を踏む駒下駄《こまげた》の音を追いながら、唐十郎もゆっくり湊橋に足を向けた。

と、そのとき……。

突然、橋の南詰の木立《こだち》の陰から、黒影が二つ忽然《こつぜん》と姿を現し、およう の行く手をふさぐように立ちはだかった。

月光に照らし出された二つの影は、一見してそれとわかる浪人者だった。一人は背の高い髭面《ひげづら》の浪人者、もう一人は丸顔で小肥《こぶと》りの浪人者である。

およう はギクッと足を止めて、怯《おび》えるように二、三歩後ずさった。

「およう だな？」

髭面の浪人者がくぐもった声で誰何《すいか》した。物音一つ聞こえぬ夜の静寂《しじま》の中で、

その声は半丁ほど離れた唐十郎の耳にも届いた。

おようは、また一歩後ずさりながら、引きつるような表情で小さくうなずいた。

「常吉はどこにいる？」

もう一人の小肥りの浪人者が訊いた。

「常吉さん？……い、いえ、わたしは……」

「知らぬとはいわせぬぞ。訊きたいことがある。一緒にきてもらおうか」

髭面が語気を荒らげ、いきなりおようの手をつかんだ。

「本当です。本当にわたしは知りません。放してください！」

必死に浪人者の手を振りほどき、おようは身をひるがえして逃げ出した。

「待て！」

二人の浪人者が猛然と追う。それを見て、唐十郎も奔馳《ほんち》した。

おようが転《ころ》がるように湊橋を駆け渡ってくる。その前に唐十郎が飛び出してきた。おようはすがるような目で、

「た、助けてください！」

と小さく叫びながら、唐十郎の背後に廻り込んだ。追いすがった二人の浪人者

は一瞬驚いたように足を止め、唐十郎に剣呑《けんのん》な視線を投げかけた。

「な、なんだ、貴様は！」

「通りすがりの者だ」

「その女に用がある。どけ」

髭面の浪人者が恫喝《どうかつ》するように大声を発したが、唐十郎はたじろぐ気配も見せず、無言のまま二人の前に立ちはだかった。

「き、貴様、邪魔立てする気か！」

「ええい、面倒だ。斬り捨てろ！」

わめくなり、二人は同時に抜刀し、左右に跳んだ。

小肥りは正眼《せいがん》の構え、髭面は上段に構えて、じりじりと間合いを詰めてくる。

唐十郎は両手をだらりと下げたまま、微動だにしない。

息づまる対峙《たいじ》が数瞬つづいた。

二人の浪人者は足をすりながら、すきざみに間合いを詰めてくる。

両者の距離が一足一刀《いっそくいっとう》の間境《まざかい》を越えた瞬間、

「死ね！」

動いたのは小肥りの浪人者だった。正眼につけた刀を上段に振りかぶり、一直

線に突進してきたのである。刹那《せつな》、

しゃっ。

抜く手も見せず、唐十郎の左文字国弘が鞘走《さやばし》った。鏘然《そうぜん》と鋼《はがね》の音が鳴りひびき、闇に火花が散った。小肥りの浪人者の刀が月明かりを反射《はね》て虚空に舞った。

間髪をいれず、剣尖を返して斜《しゃ》に斬り下ろした。

「げっ」

奇声を発して、小肥りの浪人者がのけぞった。右肩から胸にかけて赤い筋が走り、その奥に白いあばら骨がのぞいている。

おびただしい血を撒《ま》き散らしながら、小肥りの浪人者は仰向《あおむ》けに転がった。

唐十郎はすぐさま体を反転させた。

髭面の刀が眼前に迫っていた。唐十郎はとっさに腰を沈ませた。

刃唸《はうな》りを上げて髭面の刀が空《くう》を切った。

唐十郎は地面に片膝をついたまま、諸手《もろて》にぎりの左文字国弘を真横に払った。

ぐさっと肉を断《た》つ鈍い音がして、刀刃《とうじん》が髭面の脇腹を斬り割《さ》いた。

「わっ！」

髭面が悲鳴をあげてたたらを踏んだ。

斬り割かれた脇腹から音を立てて血が噴き出している。髭面は一瞬硬直したように棒立ちになったが、すぐに地響きを立てて地面に突っ伏した。

唐十郎は刀の血ぶりをして鞘に収めると、ゆっくり背後を振り返った。

おようが蒼白《そうはく》の顔で立ちすくんでいる。

「大事ないか」

「は、はい」

我に返ったように、おようはうなずいた。

「おかげで助かりました。ありがとうございます」

「おまえの家はこの近くか」

「はい。霊岸島の富島町《とみしま》でございます」

「しばらく別の場所に身を隠したほうがいいだろう」

「別の場所、と申しますと？」

「おれの知り合いの妹が、神田佐久間《さくま》町で一人暮らしをしている。事情《わけ》を話せば、きっと力になってくれるはずだ」

「でも……」

ためらうように視線を泳がせるおようへ、

「人目につくとまずい。さ、行こう」

とうながして、唐十郎は踵をめぐらした。おようは困惑の表情を見せながらも、無言で唐十郎のあとについた。

小網町二丁目から東堀留川の川岸通りに出たところで、おようが急に歩度を速めて先を行く唐十郎の横に並んだ。

「失礼ですが、ご浪人さまは……？」

「そうか。名乗るのを忘れていたな」

唐十郎は微笑した。

「千坂唐十郎と申す。美濃《みの》浪人だ」

「先ほど、お店でお見かけしましたが」

「気づいていたか」

唐十郎は足を止めて、おようを凝視した。

「実をいうと、おれも常吉の居所を捜しているのだ」

「え？」

おようがけげんそうに見返った。

「常吉は何者かに命をねらわれている。先刻の浪人者もその一味に相違ない」

「……！」

　おようの顔に驚愕《きようがく》が奔《はし》った。

「そのことを常吉に知らせてやろうと思ってな」

「でも、なぜ常吉さんが命を……」

「理由はおれにもわからん。とにかく一刻を争うのだ。心当たりがあったら教えてくれ」

「わたし……、本当に知らないんです」

　戸惑うように、おようは首を振った。

四

「ここだ」

　唐十郎が足を止めたのは、神田佐久間町二丁目の『源助店《げんすけだな》』という長屋だった。俗《ぞく》にいう「九尺二間《くしやくにけん》」の裏店《うらだな》である。その長屋の一軒に丈吉の妹・お仙《せん》が住んでいる。

　時刻は四ツ半（午後十一時）を廻っていた。

どの家もすでに明かりを消して、ひっそりと寝静まっている。

唐十郎はおようを長屋の木戸口に待たせて、お仙の家の戸口に歩み寄り、静かに腰高障子《こしだかしょうじ》を叩いた。ややあって油障子にぽっと明かりがにじみ、

「どなた?」

と、涼やかな女の声がした。お仙の声である。

「おれだ」

唐十郎が低く応えると、腰高障子が開いて、寝巻姿のお仙が顔をのぞかせ、

「旦那、どうしたんですか? こんな時分に」

と、けげんそうな目で唐十郎を見た。大人びた艶っぽい面立ちをしているが、お仙は二十歳《はたち》になったばかりである。兄の丈吉同様、お仙も唐十郎の〝裏仕事〟には欠かせぬ手先だった。

「寝ていたのか」

「たったいま床についたところです」

「起こしてしまってすまんな」

「何か急用でも?」

「おまえに頼みがあるんだが」

唐十郎が手短《てみじか》に事情を説明すると、その件なら兄さんから聞いて知っています、といってお仙はこころよく領諾《りょうだく》した。

唐十郎は木戸口にとって返し、おようを連れてもどってきた。

「夜分遅く申しわけございません」

おずおずと頭を下げるおように、

「お仙と申します。むさ苦しいところですが、どうぞ、お上がりください」

お仙は屈託《くったく》のない笑みを浮かべて二人を部屋に招じ入れた。六畳の畳部屋の奥に唐紙《からかみ》で仕切られた四畳半の寝間があり、左手に三畳ほどの台所がある。

お仙は手早く湯を沸かし、二人に茶を差し出した。

「何もお構いできませんが、どうぞ」

「ありがとうございます」

おようは頭を下げたが、湯飲みには手をつけなかった。緊張の面持ちでうつむいている。

「常吉に最後に会ったのはいつだ？」

淹《い》れたての熱い茶をすすりながら、唐十郎が訊いた。

「四日前の晩です。常吉さんの家で会いました」

　おようは目を伏せたまま、小さな声で応えた。

「そのとき、変わった様子はなかったか？」

「いえ、別に……」

「常吉とはいつごろからの付き合いなのだ？」

「知り合って、かれこれ一年になります」

「常吉が『船徳』をやめた理由は知っているか？」

「お金になる仕事が見つかったといってましたが……、くわしいことはわたしも知りません」

「金になる仕事か」

　唐十郎は思案顔で腕組みをした。

「千坂さま」

　おようがふっと顔を上げた。沈痛な表情である。

「常吉さんが何者かに命をねらわれているというのは、本当のことなんですか」

「ああ、常吉の遊び仲間が二人、立てつづけに殺された。常吉はそれを知って行方をくらませたのだろう。ひょっとすると、もう江戸を出てしまったのかもしれんな」

「いいえ、そんなはずはありません！」

　およう は言下《げんか》に否定した。唐十郎とお仙が思わず顔を見交わすほど強い口調だった。

「常吉さんが一人で江戸を出て行ってしまうなんて……」

　首を振りながら、およう は声を詰まらせた。常吉はそんな薄情な男ではない、と自分にいい聞かせているような口ぶりである。

「もう一つ、訊くが」

　飲み干した湯飲みを置いて、唐十郎が向き直った。

「常吉の住まいはどこだ？」

「深川の熊井《くまい》町です」

　長屋住まいではなく、油問屋『辰巳屋《たつみ》』方の貸家に住んでいるという。

　その家の場所をくわしく聞き出すと、唐十郎はゆったりと腰を上げ、

「明日にでも、おれが様子を見に行ってくる。今夜はもう寝《やす》んだほうがいい。お仙、厄介《やっかい》をかけてすまんが、頼んだぜ」

　といい置いて、長屋を出た。

翌日の昼下がり。

唐十郎は自宅近くの飯屋で遅い中食《ちゆうじき》をとり、深川に向かった。

空はどんよりと曇り、時折、肌を刺すような寒風が吹き抜けてゆく。

いまにも白いものがちらつきそうな空模様である。

深川熊井町は、寛永《かんえい》六年（一六二九）に大川河口の干潟《ひがた》を埋め立てて拓《ひら》かれた町屋で、当時は猟師《りようし》町と呼ばれていたが、元禄《げんろく》八年（一六九五）に熊井町と改められた。

常吉の借家は、熊井町の東はずれにあった。周囲を木立にかこまれた瓦葺《かわらぶ》きの小さな平屋で、裏手には芝増上寺《しばぞうじようじ》の末寺《まつじ》・正源寺《しようげんじ》の土塀《どべい》がつらなっている。

唐十郎は油断なくあたりに視線を配りながら戸口に歩み寄り、素早く戸を引き開けて中に足を踏み入れた。その瞬間、唐十郎の目が一点に釘付《くぎ》けになった。

上がり框《かまち》から中廊下にかけて複数の土足の跡が点々とつづいている。

明らかに何者かが侵入した痕跡である。

唐十郎は刀の柄《つか》に手をかけ、用心深く正面の障子を引き開けた。

八畳の居間である。小さな火鉢《ひばち》と薄っぺらな座布団が二枚、かたわらに丸行燈と煙草盆《たばこぼん》が置かれてある。ほかに家財道具は何もなかった。

侵入者の足跡をたどって、唐十郎は奥の部屋の襖《ふすま》を引き開けた。

そこは六畳の寝間になっていた。夜具が敷きっ放しになっており、衣服が乱雑に脱ぎ捨てられていた。争った形跡がないところを見ると、常吉は事前に危険を察知して逃げ出したに違いない。侵入者の足跡も敷居ぎわで途切れていた。

唐十郎は寝間に踏み入り、押し入れを開けて中をのぞき込んだ。

下段は空《から》っぽで、上段には半分蓋《ふた》の開いた柳行李《やなぎごうり》があった。念のために行李の中身を調べてみたが、特に不審な物は見当たらなかった。

取り出した衣類などをふたたび柳行李に詰め込んで蓋を閉めようとしたとき、ふいに頭上からふわりと小さな綿《わた》ぼこりが舞い落ちてきた。

見上げると、押し入れの天井板がわずかにずれていて、一寸ほどの隙間《すきま》ができていた。

綿ぼこりは、その隙間から落ちてきたのである。

唐十郎は押し入れの上段に這《は》い上がって、天井板を押し上げて見た。

桐油紙《とうゆがみ》の小さな包みがあった。それをつかみ取って押し入れから下りると、手早く包みを開いて中を検《あらた》めた。中身は茶褐色の粉末である。指ですくって舐《な》めてみた。舌先にかすかな刺激が奔った。

（そうか……）

唐十郎は険しい顔でうなずき、桐油紙の包みをふところにねじ込むと、ひらりと身をひるがえして部屋を飛び出した。

それからおよそ半刻後、唐十郎は日本橋馬喰町の公事宿《くじやど》『大黒屋』の奥座敷にいた。

「どうぞ」

内儀《ないぎ》のお春が茶盆を置いて座敷を出ていくと、唐十郎はおもむろにふところから例の桐油紙の包みを取り出して、宗兵衛の前に置いた。

「巳之助の仲間の常吉という男の家の天井裏から見つかったものだ」

宗兵衛はいぶかしげに包みを開いた。

「これは……？」

「阿片《あへん》だ」

「え！」

宗兵衛は瞠目《どうもく》した。阿片の実物を見るのははじめてである。何か恐ろしい物でも見るような目つきで、宗兵衛は茶褐色の粉末を凝視している。

「これで一つ謎《なぞ》が解けたな」

唐十郎がいった。

「巳之助と伊左次、常吉の三人は阿片の密売人だったのだ」

推論ではなく、断定だった。常吉がおように洩《も》らした「金になる仕事が見つかった」という言葉がそれを裏付けている。

「では、南町の杉江さまが追っていたというのは」

「三人の背後にいる黒幕だろう。……だが」

言葉を切って、唐十郎は茶を一口すすった。宗兵衛は凍《こお》りついたような目でじっと唐十郎の顔を見つめている。

「それに気づいた一味は先手を打って巳之助と伊左次の口を封じ、さらには巳之助の家に踏み込んだ杉江辰之進と岡っ引の留三をも闇に葬《ほうむ》った。そう考えればすべてつじつまが合う」

「……………」

宗兵衛は絶句している。それほどの重大事件を、杉江辰之進は役所にも報告せず、単独で探っていたのだ。杉江らしいといえばそれまでだが、命を落としてしまったのでは元も子もない。杉江の無念を思うと、あらためて怒りと悲しみが込み上げてきた。

「幸いなことに」

唐十郎が語をつぐ。

「常吉は一味の手を逃れて江戸のどこかに身をひそめているようだ。まずはそいつの居所を捜し出すのが先決だな」

「何か手がかりでも？」

「常吉には女がいる」

「女？」

けげんそうに訊き返す宗兵衛に、唐十郎は昨夜の事件のあらましを語り、おようをお仙の長屋に匿《かくま》ったことを打ち明けた。

「では、その女が常吉という男の居所を……」

「いや」

唐十郎はかぶりを振った。おようはまったく心当たりがないといっている。どうやらその言葉に嘘はなさそうだ。

「このまま常吉が女を放っておくとは思えんからな。いずれほとぼりが冷めれば、やつはかならず動き出す。それまでしばらく様子を見るしか手はあるまい」

「千坂さま」

宗兵衛が不安そうな表情で見返した。

「一味はすでに五人も人を殺《あや》めております。差しでがましいようですが、身辺にはくれぐれもご用心を」

「忠告、ありがたく承《うけたまわ》っておこう」

「それから……」

宗兵衛は財布から小判を一枚取り出して、唐十郎に差し出した。

「お仙さんも居候《いそうろう》を抱え込んで何かと物入りでございましょう。些少《さしょう》ではございますが、これをお渡しくださいまし」

「こいつは何よりの合力《ごうりき》だ。お仙も喜ぶだろう」

そういって、一両の金子《きんす》を受け取ると、唐十郎はゆったりと腰を上げた。

人目につかぬように『大黒屋』の勝手口から裏路地に出ると、唐十郎は入り組んだ小路を抜けて外神田の佐久間町に足を向けた。

佐久間町は神田川の北岸に東西につらなる町屋で、一丁目から四丁目まである。このあたりには材木屋や薪《まき》屋、炭屋などが多く、一名材木《ざいもく》町とも呼ばれている。

和泉《いずみ》橋を渡り、佐久間町二丁目の辻角にさしかかったところで、唐十郎はふいに足を止めて前方に視線を向けた。八百屋の店先で買い物をしている若い女の姿が目に留まったのである。唐十郎が近づくと、気配を感じて女が振り向いた。お仙である。

「あら、旦那……」

お仙が笑顔を向けたが、それを無視するように唐十郎は足早に通り過ぎていった。お仙は八百屋の女房に銭を手渡すと、あわてて唐十郎のあとを追った。

半丁ほど東に行ったところに、材木置き場があった。

井桁《いげた》積みにされた木材の山があちこちに点在している。

唐十郎は素早く四辺に目をやって、お仙を井桁積みの木材の陰にさそい込んだ。

「常吉の家に行ってきたぜ」

「で、何かわかりましたか?」

「やつは阿片の密売人だったんだ」

「阿片の!」

瞠目するお仙に、唐十郎は常吉の家の押し入れの天井裏から阿片の包みが見つかったことを話し、このことは当分おようには内緒にしておいてくれと釘を刺した。

お仙は信じられないような顔で茫然《ぼうぜん》と立ちつくしている。

「ところで」

気を取り直すように、唐十郎が訊いた。

「おようはどんな様子だ？」

「大分元気になりましたよ。朝ごはんもしっかり食べたし、おしゃべりもするようになったし」

「そうか」

「おようさんの話を聞くかぎり、常吉さんて、そんなに悪い人とは思えないんですけどねえ」

「どんな男だといっていた？」

「根はまじめで、やさしい人だって。来年の春ごろ、一緒になる約束をしていたそうですよ」

「ほう」

「それまでにお金を貯めなきゃって」

「常吉がそういっていたのか？」

「ええ」

それで合点《がてん》がいった。常吉はおようと所帯を持つための金欲しさに阿片密売に手を染めたに違いない。それをそそのかしたのは遊び仲間の巳之助と伊左次であろう。常吉が善悪の分別もなくその話に飛びついたことは容易に想像がつく。

「常吉もいまごろは後悔しているだろうな」

「おようさんのことも気がかりだろうし……」

「いずれにせよ。夫婦《めおと》約束をした女を見捨てて江戸を出るとは思えぬ。そのうちきっとやつは動き出す。それまでおようのことはよろしく頼む」

そういって、唐十郎はふところから一両の金子を取り出し、

「『大黒屋』からこれを預かってきた」

「え」

お仙は差し出された小判をきょとんと見た。

「居候を抱え込んで何かと物入りだろうとな」

「いいんですか、こんなに沢山」

「『大黒屋』の厚意だ。遠慮なく取っておけ」

「じゃ、お言葉に甘えて」

お仙に金子を手渡すと、何かあったらすぐに知らせてくれといい置き、唐十郎は何食わぬ顔で立ち去っていった。

五

唐十郎はふたたび和泉橋を渡り、柳原《やなぎわら》通りを西へ向かって歩を進めた。

空はあいかわらずどんよりと曇っている。

時刻は八ツ半(午後三時)ごろだが、四辺は夕暮れのように薄暗い。

唐十郎はふっと上空を仰ぎ見た。鉛色《なまり》の空にちらほらと風花《かざばな》が舞っている。

──今夜は雪になりそうだな。

思わず肩をすぼめ、唐十郎は歩度を速めた。

筋違《すじかい》御門橋前の八辻《やつじ》ケ原《はら》を抜けて、神田連雀《れんじやく》町の道に出たときである。

深編笠《ふかあみがさ》の武士が二人、唐十郎のかたわらを足早に通り過ぎていった。

刹那、唐十郎は背中に突き刺すような視線を感じて、思わず振り返った。

二人の武士は振り向きもせずに、急ぎ足で遠ざかってゆく。二人のうしろ姿に特に不審な気配は感じられなかった。

——気のせいか。

そう思って背を返した瞬間、深編笠の二人の武士は突然身をひるがえし、唐十郎の視界から逃れるように近くの路地に走り込んだ。

「いまの浪人者、田坂《たさか》ではないか」

路地に走り込むなり、短躯《たんく》だが肩幅の広い、がっしりした体つきの武士が、もう一人の中背の武士に小声でいった。

「よく似ていたが……」

「あやつは田坂だ。間違いない」

短躯の武士が断言した。

「跟《つ》けるか」

といって、中背の武士が路地角から顔を突き出し、深編笠のふちを押し上げて往来に目をやったが、唐十郎の姿はもう雑踏の中に消えていた。

「おらんぞ」

「あの辻を曲がったのかもしれんぞ」

「行ってみよう」

「うむ」

二人は路地を飛び出し、連雀町と須田町を分かつ四辻に向かって走った。

風花が舞い散る中、人々が寒そうに背を丸めながら、足早に行き交っている。

二人は四辻の中央に立って左右を見廻したが、唐十郎の姿は見当たらなかった。

「ちっ」

と舌打ちをする短軀の武士に、中背の武士がいった。

「このあたりにやつの住まいがありそうだ。捜してみるか」

「いや、権藤《ごんどう》さんたちが待っている。行こう」

とうながして、短軀の武士は踵を返した。

二人が向かったのは、連雀町からほど近い神田雉子《きじ》町の料理茶屋だった。

仲居に案内されて二階座敷に上がると、三十がらみの武士が三人、酒肴《しゅこう》の膳部を囲んで待ち受けていた。いずれも美濃大垣《おおがき》藩江戸定府《じょうふ》の目付《めつけ》衆である。

「遅くなり申した」

二人の武士は深編笠をはずして一礼し、膳部の前に着座した。この二人も大垣藩江戸詰めの目付で、短軀の武士は小関甚内《こせきじんない》、中背の武士は神崎玄蔵《かんざきげんぞう》という。

「ご苦労だった。まずは一献《いっこん》」

五人の中で一番の年配と思われる武士が、盃《さかずき》に酒を注いで差し出した。

見るからにしたたかそうな面構《つらがま》えのこの武士は、目付頭の権藤弥九郎《やくろう》である。

「で、どうだった？　何か収穫はあったのか」

権藤の問いに、小関と神崎は渋い顔で首を振った。

「神田界隈の旅籠《はたご》屋をしらみつぶしに当たってみましたが、それらしき男は皆目」

「見つからなかったか」

「しかし、まったくの手ぶらというわけではござりませぬ」

小関が盃の酒を舐めながら、思い直すようにいった。

「ここへくる途中、田坂を見かけ申した」

「田坂？　田坂清十郎《せいじゅうろう》か」

ぎらりと目を光らせる権藤に、神崎がいった。

「すぐさまあとを跟けたのですが、残念ながら連雀町の四辻で見失いました。おそらくあのあたりにやつの住まいがあるのではないかと……」

「その男、田坂に間違いないのだな」

「それがしの目に狂いはござらぬ」

小関がずけりといってのけた。

「そうか。やつは江戸にひそんでいたか。ふふふ、思わぬ獲物がかかったものだな」

老獪《ろうかい》な笑みをにじませながら、権藤は四人の顔を見廻し、

「よし、明日から探索の手を二つに分けよう。西崎《にしざき》の行方は引きつづきわしらが追う。田坂のほうはおぬしたちがやってくれ」

「承知つかまつりました」

神妙にうなずく神崎の横で、小関が不敵に笑ってみせた。

「草の根分けても、かならず……」

第三章　夜　襲

一

闇《やみ》に塗り込められた神田川の川面《かわも》を、一艘の猪牙舟《ちょきぶね》がすべるように遡行《そこう》してゆく。

櫓《ろ》を漕《こ》いでいるのは丈吉である。

柳橋の船着場で顔なじみの客を乗せて、湯島《ゆしま》に向かうところだった。

今夜も凍《い》てつくような寒さである。

白い息を吐きながら、丈吉は黙々と櫓を漕ぎつづけた。

客は湯島一丁目の伽羅油屋《きゃらあぶらや》『生駒屋《いこまや》』の若旦那《わかだんな》で、柳橋界隈《かいわい》では遊び人として知られた男だった。かなり酒が入っているのだろう。胴の間に大の字になり、高いびきをかいて眠りこけている。

やがて前方に橋が見えた。昌平橋《しょうへいばし》である。

丈吉は櫓を漕ぐ手を止めて水棹《みさお》に持ち替え、橋の北詰の船着場に舟を着けた。

「若旦那、若旦那」

丈吉が声をかけると、男はぼんやりと目を開けてあたりを見廻《みまわ》した。

「もう着いたのかい？」

「へい」

男は寒そうに肩をすぼめながら、おぼつかない足取りでのっそり立ち上がった。

「お足元にお気をつけなすって」

丈吉はひらりと桟橋《さんばし》に飛び移り、男の手を取って桟橋に引き上げた。

「面倒かけてすまないねえ」

男はふところから小粒《こつぶ》を一つ取り出し、「釣りはいらないよ」といって、よろよろと去っていった。手渡された小粒を見て、丈吉は思わず顔をほころばせた。

猪牙舟の舟賃の相場は、柳橋から山谷《さんや》堀までの片道三十丁（約三キロ）が、三百文である。その半分にも満たない距離で、一分（一両の四分の一）の稼《かせ》ぎになったのだから、笑みがこぼれるのも無理はなかった。

（さて、今夜はこれで切り上げるか）

と舟にもどろうとすると、突然、闇の奥に足音がひびき、三人の武士が息を荒らげて飛び出してきた。いずれも黒羽織をまとい、袴《はかま》の股立《ももだ》ちを高くとった屈強の武士である。

「おい、船頭」

野太い声を発したのは、三十五、六の狷介《けんかい》な面構《つらがま》えの武士である。

もとより丈吉は知るよしもなかったが、この武士は大垣藩の目付頭《めつけがしら》・権藤弥九郎で、背後の二人は配下の目付だった。

「あっしに何か？」

丈吉が不審そうに三人を見た。

「このあたりで、手傷を負った侍を見かけなかったか？」

居丈高《いたけだか》な問いかけである。丈吉は首を振った。

「いえ、あっしもたったいまここに着いたばかりで……」

「どこからきたのだ？」

「柳橋から客を乗せてきやした」

「………」

権藤は疑わしそうな目で舟の中をのぞき込んだが、すぐに視線を転じて、

「橋を渡ったのかもしれん。行くぞ」

と二人の配下をうながし、身をひるがえして走り去った。

（なんでえ、あの連中）

昌平橋を駆け渡ってゆく三人の武士の姿をけげんな目で追いながら、舟を押し出そうとしたとき、ふいに近くの枯れ葦《あし》の茂《しげ》みがガサッと揺れて黒い影がよぎった。

（あっ）

丈吉は思わず息を呑《の》んだ。茂みから這《は》い出てきたのは、若い武士だった。髷《まげ》が乱れ、顔色は紙のように白く、左肩から胸にかけてべっとりと血糊《ちのり》が付着している。

「お、お侍さんは……！」

「しっ」

武士は口に指を当てて、すがるような目で丈吉を見た。

「舟に乗せてもらえぬか」

「へ、へい」

反射的に舟を飛び下りて、武士のもとに駆け寄った。

「あっしにつかまっておくんなさい」

「かたじけない」

一礼し、丈吉の肩に手をかけて舟に乗り込むと、武士は崩れるように胴の間に座り込んだ。息づかいが荒く、痛々しいほど憔悴《しょうすい》しきっている。

(あの三人がもどってくるかもしれねえ)

気がかりな目で昌平橋を見上げながら、丈吉は渾身《こんしん》の力で舟を押し出した。舟は川下に向かって矢のように川面をすべってゆく。

みるみる船着場が遠ざかっていった。

ほどなく前方に和泉橋が見えた。

丈吉はふっと安堵《あんど》の吐息をついて、櫓を漕ぐ手をゆるめた。

ここまでくれば、もう安心である。ちらりと胴の間に目をやった。武士は船縁《ふなべり》にもたれて、放心したように宙の一点を見つめている。

舟提灯《ふなちょうちん》の明かりであらためて見直すと、眉目《びもく》のととのった端整《たんせい》な面立《おもだ》ちをしている。歳は二十四、五だろうか。月代《さかやき》が少し伸びていた。

「お侍さん、お住まいはどちらで?」

丈吉が訊《たず》ねると、武士は力なく顔を上げ、か細い声で応《こた》えた。

「住まいは……、ない」

「ない？」

「浅草の旅籠屋《はたご》に投宿している」

「てえと、他国《よそ》からきなすったんで？」

「美濃大垣だ」

「へえ……」

丈吉は意外そうに目を細めた。千坂唐十郎も美濃大垣の出である。

（ひょっとしたら、千坂の旦那のことを知っているかもしれねえ）

一瞬そう思ったが、口には出さなかった。唐十郎には藩の要職の息子を斬殺し、脱藩逐電《だっぱんちくでん》したという過去があるからである。

武士はふところから手拭《てぬぐ》いを取り出して、左肩の傷口の血を拭《ふ》いている。

「大丈夫ですかい？」

身を乗り出すようにして武士の肩の傷を見た。すでに血は止まっているようだ。

「思ったより傷は浅い。心配にはおよばぬ」

「さっきの三人のお侍は何者なんで？」

「わからん」

武士は困惑の体《てい》で首を振った。

「知り合いじゃねえんですかい」

「通りすがりに喧嘩《けんか》を売られたのだ。わたしを田舎《いなか》侍と見て、酒代でもたかろうとしたのだろう」

「そうですかい。そいつはとんだ災難で」

「おかげで助かった。あらためて礼を申す」

「なに、礼にはおよびやせんよ」

と笑って見せたものの、丈吉の胸中には釈然《しゃくぜん》とせぬ思いが残っていた。

武士は船縁にもたれたまま、じっと目を閉じている。何か思案しているようでもあり、眠っているようにも見えた。

（この侍は何か隠している）

内心、そう思いながら丈吉は櫓を漕ぎつづけた。

やがて左手に柳橋の船宿の明かりが見えた。

川風に乗って弦歌のさんざめきが聞こえてくる。

柳橋のたもとの船着場は、あいかわらず吉原通いの猪牙舟で混雑していた。その混雑を横目に見ながら、丈吉は神田川の河口へと舟を進めた。

舟が大川に出たところで、丈吉は櫓を漕ぐ手を止めて、

「どこに着けやしょうか」

と胴の間の武士に声をかけた。武士がふっと目を開けた。

「すまんが、竹町《たけちょう》の渡し場に着けてもらえぬか」

「承知しやした」

竹町の渡し場は、浅草材木町と本所中之郷《なかのごう》竹町をむすぶ大川の渡船場である。一名花形《はながた》の渡し、業平《なりひら》の渡し、または駒形《こまがた》の渡しなどと呼ばれ、古くから庶民の足として親しまれていた。この渡し場に橋（吾妻《あずま》橋）が架けられたのは、三十年後の安永《あんえい》三年（一七七四）である。

左手に浅草御蔵屋敷《おくらやしき》の白壁《しらかべ》を見ながら、大川を遡行すること七、八丁。ほどなく前方に竹町の渡し場が見えた。

船着場の周辺はひっそりと闇に包まれ、桟橋につながれた無人の渡し舟が、戯《たわむ》れるようにゆらゆらと揺れている。

「お待たせしやした」

丈吉が桟橋に舟を着けると、武士はゆったりと腰を上げ、造作《ぞうさ》をかけたな、と

いって懐中から財布を取り出し、小粒を一つ丈吉に手渡した。

「え？　いいんですかい。こんなに」

「ほんの礼のしるしだ。おさめてくれ」

「じゃ、遠慮なく」

「一つ、頼みがあるのだが」

「へい」

「今夜のことは他言無用。わたしに会ったことは忘れてくれ」

そういうと、武士はくるっと背を返して、逃げるように石段を駆け上っていった。

丈吉は猪牙舟の艫《とも》に突っ立ったまま、狐《きつね》につままれたような顔で、武士が消えていった闇を見つめていた。

（妙な客を乗せちまったぜ）

つぶやきながら水棹を手に取ったとき、丈吉の目がふと一点に止まった。

胴の間の簀《す》の子の間に何かが落ちている。

拾《ひろ》い上げて見ると、それは血の付いた印籠《いんろう》だった。

武士が落としていった物に違いない。丈吉は印籠に付着した血を懐紙《かいし》で拭い、舟提灯の明かりにかざしてまじまじと見た。

金蒔絵《きんまきえ》の由緒《ゆいしょ》ありげな印籠である。梨子地《なしじ》に黒漆《くろうるし》でくっきりと『三枚笹《さんまいざさ》』の紋所が描かれている。印籠の底には『西崎』の姓がきざまれていた。

翌日の夕刻、丈吉は仕事の合間を見て、神田多町の唐十郎の家を訪ねた。

玄関に足を踏み入れたとたん、丈吉は思わず咳《せ》き込んだ。廊下にもうもうと白煙が立ち込めている。仰天して立ちすくんでいると、奥から唐十郎の声が飛んできた。

「誰だ？」

「あ、あっしです」

「丈吉か。いま手が離せんのだ。勝手に上がってくれ」

「へい。失礼いたしやす」

雪駄《せった》を脱《ぬ》いで、廊下の奥に向かった。白煙は台所から流れてくる。煙《けむり》にむせながら台所をのぞき込むと、たすき掛けの唐十郎が土間の竈《かまど》で火を熾《おこ》していた。

「夕飯の支度《したく》ですかい？」

「ああ」

唐十郎も煙にむせながら悪戦苦闘している。

「竈に灰が溜《た》まっているせいか、火付きが悪くてな」

「薪《たきぎ》の詰めすぎですぜ」

見かねて丈吉は土間に下り、竈の焚《た》き口に詰め込まれた薪を数本引き抜いて、火吹き竹で空気を送り込んだ。たちまち炎が燃え上がり、もうもうと噴き出していた煙が消えた。

「なるほど、手なれたものだな」

唐十郎は感心するようにいったが、ふと真顔になって、

「おれに何か用か？」

「へい」

丈吉が振り向いた。

「旦那、西崎って侍をご存じで？」

「西崎？」

「じつは、ゆんべ妙な事件に巻き込まれやしてね」

竈の火具合を見ながら、丈吉は昨夜の一件をつぶさに語り、これを見ておくんなさい、とふところから紙包みを取り出した。

唐十郎は受け取って包みを開いた。中身は例の印籠である。

「その侍が舟ん中に落としていったもので」

「…………」

唐十郎はじっと印籠を見つめた。三枚笹の家紋。印籠の底にきざまれた西崎の姓。その二点から思い当たる人物がいた。美濃大垣藩の勘定吟味役《かんじようぎんみやく》・西崎伊《い》右衛門《えもん》である。

――だが……。

と唐十郎は考え直した。西崎伊右衛門はもう五十の坂を越えているはずである。昨夜の武士は二十四、五だったという。まるで歳恰好《かつこう》が違うのだ。

「ひょっとすると、伊右衛門どのの息子かもしれんな」

「息子？」

「名は、たしか、伊織《いおり》といったが……」

西崎家の一人息子である。唐十郎が大垣藩に在籍していたころ、伊織はまだ家《か》督《とく》を継いでいなかったが、父親の名代《みようだい》で藩の催事などに顔を出すこともあり、唐十郎とも面識があった。当時、伊織は二十一歳。文武両道に秀《ひい》で、俊才の声望《せいぼう》高い青年だった。

――その伊織が、なぜ江戸に？

丈吉の話によると、西崎伊織は、いや伊織とおぼしき若い武士は、自分に会ったことは忘れてくれ、といい残して夜の闇に消えたという。きっと何か表沙汰《ざた》にできない事情があるに違いない。

伊織を襲った三人の武士の正体も気になった。

――江戸藩邸の者ではないか？

漠然とだが、そんな疑惑が唐十郎の脳裏《のうり》をかすめた。

「丈吉」

唐十郎は険《けわ》しい目で見返した。

「その侍、浅草の旅籠屋に投宿しているといったな？」

「へい。竹町の渡し場で舟を下りたので、おそらく材木町か花川戸《はなかわど》あたりの旅籠屋に泊まってるんじゃねえかと……」

「急ぐ話ではないが、手が空いたときに泊まり先を当たってもらえぬか」

「承知しやした。じゃ、あっしはこれで」

と腰を上げる丈吉に、夕飯でも食べていけと、唐十郎が引き止めた。

二

夕食を食べおえて、丈吉が帰ったのは六ツ半（午後七時）ごろだった。

唐十郎は湯を浴《あ》びて寝巻に着替え、居間で寝酒をやりはじめた。

不気味なほど静かな夜である。

かすかな風の音とともに、夜廻りの拍子木《ひょうしぎ》の音が間遠《まどお》に聞こえてくる。

冷や酒を二杯ほど飲み干して、寝支度に取りかかったとき、ふいに玄関で、

「夜分恐れいります」

と男の声がした。こんな時分に誰だろう、といぶかりながら玄関に出てみると、三和土《たたき》に四十がらみの商人《あきんど》ふうの男が、風呂敷包みを抱えて立っていた。

「何の用だ？」

「飛脚《ひきやく》問屋の者でございます」

男は慇懃《いんぎん》に頭を下げながら、上目づかいに唐十郎を見た。

「お届け物をお持ちいたしましたが」

「届け物？」

「こちら岩永《いわなが》さまのお宅では？」

「いや」

唐十郎は首を振った。

「家を間違えたのではないか」

「失礼ですが、お武家さまのお名前は？」

「千坂と申す」

「千坂さま？　……あ、これはとんだご無礼を」

男は恐縮するように背を丸めて出ていった。

唐十郎は別に気にも止めなかったが、じつはこの男、大垣藩江戸定府《じょうふ》の目付・小関甚内に金で雇われた富五郎《とみごろう》という地廻りだったのである。

須臾《しゅゆ》ののち、富五郎は神田多町に隣接する連雀町の居酒屋に姿を現した。

そこで待ち受けていたのは小関甚内と神崎玄蔵だった。

「どうだった？」

富五郎が席に着くなり、小関が身を乗り出すようにして訊《き》いた。

「へえ。背丈は六尺あまり。彫《ほ》りの深い顔だちで、歳は三十前後。旦那がおっしゃってた人相風体《にんそうふうてい》とぴったり一致しやしたよ」

「そうか」

「どうやら間違いなさそうだな」

神崎がぎらりと目を光らせた。

「その浪人者、千坂と名乗っておりやしたが」

「千坂？」

「どうせそれも変名でござんしょう」

「ふふふ」

小関は薄笑いを浮かべた。

「田坂と千坂か。芸のない変名だな」

「そやつのほかに誰かいなかったか？」

神崎が訊いた。

「いえ、独り住まいのようで」

「ならば、ますます好都合だ。……ご苦労だったな。富五郎」

小関はふところから小判を一枚取り出し、富五郎に手渡した。

「へへへ、では、手前はこれで」

満面の笑みで、富五郎は足早に店を出ていった。

「藩邸にもどるか」

神崎が立ち上がろうとすると、「まあ、待て」と小関が手で制し、

「獲物はすでにわしらの手中にある。あとはゆっくり料理するだけだ。いまさらあわてることはあるまい」

そういうと、小関は不敵な笑みを浮かべながら、徳利《とっくり》に残った酒を猪口《ちょこ》に注いだ。神崎も思い直して腰を下ろし、飲みかけの猪口を手に取った。


日本橋石町の時の鐘が四ツ（午後十時）を告げている。

寝床について一刻（二時間）あまりたつが、唐十郎はなかなか寝つかれなかった。

寝酒の酔いもすっかり醒《さ》めて、意識が冴《さ》えざえとしている。

風音が強まり、障子《しょうじ》窓がかたかたと音を立てはじめた。どこからともなく隙間《すきま》風が吹き込んでくる。

——あれからもう四年になるか。

唐十郎の胸にふっと苦い感懐《かんかい》がこみ上げてきた。

四年前まで、唐十郎は美濃大垣藩の徒士頭《かちがしら》をつとめていた。本名は田坂清十

郎。家禄百二十石の中級藩士だった。

当時、唐十郎には将来《すえ》を約束した許嫁《いいなずけ》がいた。郡《こおり》奉行配下の在方下役人《ざいかたしたやくにん》・山根忠左衛門《やまねちゆうざえもん》の一人娘・登勢《とせ》という女である。

唐十郎が登勢との結婚を考えたのは、二十七歳のときだった。両親と死別し、田坂家の家督を継いだのを契機に身を固めようと決意したのである。

ところが、そのときすでに登勢は郡奉行・倉橋監物《くらはしけんもつ》の息子・源吾《げんご》のもとに嫁《とつ》いでいた。唐十郎の知らぬところで、ひそかに両家の縁談が進んでいたのである。

登勢がそのことをひた隠しにしていたのは、唐十郎を悲しませたくないという、せめてもの思いやりだったのだろう。

いずれにしてもこの縁組が、登勢の意にそわぬ政略結婚だったことは、誰の目にも明らかだった。実際、登勢が倉橋家に嫁いで半年もたたぬうちに、登勢の父親・山根忠左衛門は在方下役人から郡奉行所の手代に昇格している。

——これが現実なのだ。

おのれにそういい聞かせながら、唐十郎は登勢への想いを断ち切った。

それから二年の歳月をへたある日、唐十郎は城下の街角で買い物帰りの登勢と偶然再会した。久しぶりに見る登勢は、息を呑むほど美しかった。白いうなじに匂うような新妻の色香がただよっていたことを、唐十郎はいまでも鮮明に憶《おぼ》えている。

唐十郎は声もかけずに立ち去ろうとしたが、追いすがってきた登勢に、

「一度お会いして、お詫びを申し上げたかったのです。このままでは生涯、わたくしの心に悔いが残ります。ぜひお話だけでも……」

と懇願されて、

「それで登勢どのの気がすむなら」

と未練に引きずられて近くの料理茶屋に入った。

それがそもそもの間違いのもとだった。二人は気づかなかったが、たまたま料理茶屋の前を通りかかった郡奉行の配下に目撃されてしまったのである。

その一件は、ほどなく登勢の夫・倉橋源吾の耳に入った。

偏執的《へんしつ》で猜疑心《さいぎしん》の強い源吾は、二人の仲を邪推《じゃすい》して嫉妬《しっと》に狂い、

「そなた、不義密通《ふぎみつつう》を犯したであろう。正直に申せ！」

執拗《しつよう》に登勢を責めたてた。もとより登勢には身に覚えのないことである。必死に潔白を訴えたが、源吾は耳を貸そうともせず、

「それほど昔の男が恋しいか！」

あたりはばからず怒鳴り散らし、あげくの果ては殴る蹴るの暴力をふるう始末。

登勢にとっては、毎日が針の筵《むしろ》だった。

そしてついに、夫の嫉妬と暴力に堪えかねた登勢は、屋敷の裏庭で首をくくって自害してしまったのである。倉橋家では、登勢の死を病死として内々に処理したのだが、どこから洩《も》れたものか、その噂《うわさ》は数日後に唐十郎の耳にも伝わった。

――登勢が自害した！

一瞬信じられなかった。だが、噂が真実だと知った瞬間、激しい衝撃とともに胸が張り裂けんばかりの悲しみが込み上げてきた。

その悲しみは、やがて倉橋源吾への怒りに変わっていった。登勢を自害に追い込んだ直接の原因が、源吾の邪推と嫉妬によるものと知ったからである。

（許せぬ！）

登勢の死の真相を知ったその日の夕刻、唐十郎は倉橋家の屋敷の近くで下城の源吾を待ち伏せし、二人の供侍とともども源吾を斬《き》り捨てて脱藩逐電した。

それから三年余、信濃《しなの》、越後《えちご》、上州《じょうしゅう》と流浪の旅をつづけ、昨年の暮れ、江戸に流れついたのである。当初は三、四日ほど江戸に滞在し、ふたたび旅に出るつもりだったが、江戸での浪人暮らしが性《しょう》に合ったのか、ずるずると日を重ねているうちに、気がつくと一年の歳月が過ぎていた。

——時のうつろいは早いものだ。

唐十郎は胸のうちでほろ苦くつぶやいた。

と、そのとき、表でかすかな物音がした。刹那《せつな》、唐十郎は反射的に布団《ふとん》をはね上げて、部屋の隅に跳んだ。片膝《ひざ》をついたまま気配をうかがう。

殺気！

それもいままでに感じたことのない激烈な殺気である。

——包囲されている。

直感的にそう思ったが、敵の正体を推《お》し測っている余裕はなかった。

唐十郎は手早く衣服を着替え、左文字国弘を引き寄せて息を詰めた。

夜気が凍《こお》りついている。

突然、居間で凄《すさ》まじい物音がした。雨戸を蹴破る音である。

同時に乱れた足音がひびき、寝間の襖《ふすま》が蹴倒され、どっと黒影が雪崩《なだ》れ込んできた。

黒布で面をおおった三人の武士だった。

唐十郎は寝間の障子を突き破って廊下に飛び出した。

「いたぞ！」

闇の中で野太い声がした。

唐十郎は台所に走り込み、土間に飛び下りた。

背後から一人が猛然と斬りかかってきた。振り向きざま抜刀し、逆袈裟《ぎゃくけさ》に薙《な》ぎ上げる。闇に火花が散り、武士の刀が宙に舞った。

勝手口の板戸を引き開けて、裏庭に飛び出した。そこにも敵がいた。

覆面の武士が二人、左右から同時に斬りかかってきた。

とっさに横に跳んで左の斬撃《ざんげき》をかわすと、素早く体を反転させて、右から斬りかかってきた武士の胸を突いた。わっと叫びを上げて武士は闇に沈んだ。

すぐさま剣尖を返して、左の武士の胴を薙ぐ。

音を立てて血が噴出し、武士は声も叫びもなく倒れ伏した。

勝手口から三つの影が飛び出してきた。

そのとき唐十郎は高々と跳躍して、裏庭の生け垣を飛び越えていた。

「待て！　田坂」

その声に、唐十郎は思わず振り返った。

（なぜ、おれの本名を？）

一瞬、疑念がよぎったが、考えている暇《ひま》はなかった。黒影が次々と生け垣を飛び越えてくる。唐十郎は身をひるがえして走った。

「逃がすな！」

「追え！」

怒声を背中に聞きながら、唐十郎は暗《くら》い路地を一目散に走った。

この界隈の地勢は知りつくしている。

迷路のように入り組んだ路地を、右に左に曲がりながら必死に走った。

しだいに追手の足音が遠ざかり、やがて聞こえなくなった。

三

「ちょいと、そのへんを歩いてくるよ」

土間を掃除《そうじ》している番頭の与平にそういい置いて、大黒屋宗兵衛は宿を出た。

冬晴れの清々《すがすが》しい朝である。

ひさしぶりに寒気がゆるみ、冬とは思えぬやわらかな陽差《ひざ》しが降り注いでいる。

朝の散策には打ってつけの日和《ひより》だった。

初音の馬場では、子供たちが歓声を上げながら凧揚《たこあ》げに興じている。

それを横目に見ながら、宗兵衛は馬場の脇の路地を抜けて大通りに出た。

散策のついでに横山町のなじみの煙草《たばこ》屋に立ち寄り、きざみ煙草を一斤《きん》ほど買って帰ろうと思ったのである。大通りの混雑を避けて横山町に通じる小路に足を向けたとき、

「大黒屋さん」

ふいに背後から女の声がかかった。振り向くと、艶《あで》やかな藤《ふじ》色の着物を着た女が雑踏《ざっとう》を縫《ぬ》うようにして歩み寄ってきた。『ひさご』の女将《おかみ》・お喜和である。

「やあ、お喜和さん、おひさしぶり」

「おはようございます」

お喜和はいつになく硬い表情で頭を下げた。

「どちらに行かれるんで？」

「大黒屋さんにうかがおうと思っていたところです」

「ほう、手前どもへ……？」

宗兵衛はけげんそうに目を細めて訊き返した。

「何か急ぎの用事でも?」

「千坂の旦那が、大黒屋さんに折入ってご相談があると」

「千坂さまが? ……ご自宅におられるので?」

「いえ、わたしの店におります。ご足労願えますでしょうか」

「わかりました」

宗兵衛は鋭《するど》い目であたりの様子をうかがいながら、

「お喜和さんは先にもどってください。手前はあとからゆっくりうかがいます」

声をひそめてそういうと、何食わぬ顔で離れていった。人目を警戒したのである。

お喜和の姿は、もう人混みの中に消えていた。

それから四半刻ほどして、浅草元鳥越の『ひさご』に宗兵衛が姿を現した。

「呼び立ててすまんな。大黒屋」

奥から唐十郎が出てきて、宗兵衛を小座敷にうながした。昨夜、覆面の武士の追尾を振り切ったあと、唐十郎はこの店で一夜を明かしたのである。

「どうぞ」

お喜和が茶を運んできた。

宗兵衛は礼をいって茶を一口すすり、おもむろに顔を上げた。

「で、手前に相談とは？」

「住まいを探してもらいたいのだ」

「住まい？」

「じつは……」

唐十郎が昨夜の一件を話すと、宗兵衛は目を丸くして絶句した。驚愕《きようがく》のあまり湯飲みを持つ手が震《ふる》えている。次の言葉が出るまで、やや間があった。

「何者なのでしょうか？　その侍たちは」

「やつらはおれの本名を知っていた。大垣藩の江戸藩邸の者に相違ない」

「それにしても妙ですな」

宗兵衛が小首をかしげた。

「その侍たちは、なぜ千坂さまが江戸にいることを？」

「おれもそれを考えていたのだが……」

心当たりがあった。

過日、神田連雀町の通りで、すれ違いざまに突き刺すような視線を送りつけてきた深編笠《ふかあみがさ》の二人の武士である。そのときは別に気にも止めていなかったのだが……。

「いま思えば、あのときに顔を見られたのだ。それ以外に考えられぬ」

「その二人も藩邸の侍だったと？」

「おそらくな」

唐十郎は苦々《にがにが》しくうなずいた。

「いずれにしても、神田多町の家にはもうもどれぬ。手間をかけてすまんが、どこか別の場所に住まいを探してもらえんか」

「かしこまりました。すぐに手配りを……」

といいさして、宗兵衛はふと考え込んだ。

「何か面倒なことでもあるのか」

「いえ、いえ」

宗兵衛は手を振った。

「すぐにと申しましても、手ごろな家が見つかるまで二、三日はかかりましょう。それまで手前どもの寮《りよう》に身を寄せたらいかがでございましょうか」

「寮？」

「向島の寮でございます。よろしければ、さっそくご案内いたしますが」

「うむ」

唐十郎は板場で立ち働いているお喜和の背にちらりと目をやった。

もとより、この店に長居するつもりはなかった。万一ここにいることが敵に知れたら、お喜和の身にも危害がおよぶからである。

宗兵衛と連絡《つなぎ》が取れ次第、すぐにでもこの店を出て両国あたりの安宿に身をひそめようと思っていたところだった。まさに渡りに船である。

「向島なら人目にもつくまい。しばらく厄介《やっかい》になるか」

唐十郎は宗兵衛の厚意を素直に受け入れた。

向島は、浅草側から見て隅田川の向こう側にある島、という意味でつけられた名称である。古くは牛島《うしじま》と呼ばれ、その地域は須崎《すざき》村・寺島《てらしま》村・中ノ郷村・小梅《こうめ》村・柳島《やなぎしま》村・押上《おしあげ》村・隅田《すみだ》村・若宮《わかみや》村など十六カ村におよんだ。

春は隅田堤《づつみ》の花見、夏は蛍《ほたる》狩り、秋は月見、冬は雪見、と四季折々の風物が楽しめるこの地には、古刹《こさつ》や名所旧跡、老舗《しにせ》の料亭、富商の隠居屋敷や寮などが散在している。

大黒屋の寮は、小梅村の閑静《かんせい》な雑木林の中にあった。

山茶花《さざんか》の垣根をめぐらした数寄屋《すきや》造りの瀟洒《しょうしゃ》な家である。

唐十郎を家の中に招じ入れると、宗兵衛は居間の雨戸を引き開けた。

朝の陽光がさんさんと差し込んでくる。

部屋の中には檜《ひのき》の香りがただよい、畳は青々としている。この寮は今年の春に建てたばかりで、まだ二、三度しか使っていないという。

部屋は全部で四部屋あった。八畳の居間に六畳の部屋が二つ、それに四畳半の茶室である。各部屋には暮らしに必要な家具調度や夜具もそろっているし、台所には鍋釜《なべかま》や茶碗・皿小鉢のほかに、米・味噌《みそ》・醤油《しょうゆ》・乾物《かんぶつ》などの食糧もととのっていた。

「何から何まで至《いた》れりつくせりだ。これなら当座の暮らしには困らんだろう」

満足げにつぶやく唐十郎に、

「火を熾してまいりますので」

と宗兵衛は台所に去っていった。

唐十郎は居間の濡《ぬ》れ縁《えん》に立って庭をながめた。

大小の石組みと白い砂礫《されき》で造られた枯山水《かれさんすい》の庭である。

庭の奥の雑木林は、もうすっかり葉を落とし、裸になった梢《こずえ》の間からきらきらと木漏《こも》れ陽が差し込んでいる。

木立《こだち》の向こうに見える赤い鳥居《とりい》は、松尾芭蕉《まつおばしよう》の門人・榎本其角《えのもときかく》が詠《よ》んだ、

〈夕立や　田を見めぐりの　神ならば〉

という雨乞いの句碑で有名な三囲稲荷社《みめぐりいなりしや》の鳥居である。

ケーン、ケーン、ケーン。

どこかで雉子《きじ》が鳴いている。聞こえるのはそれだけだった。

寂《せき》として物音ひとつしない。まるで別世界にいるような静寂《せいじやく》である。

「お茶をどうぞ」

宗兵衛が茶を運んできた。

「おう、すまんな」

唐十郎は腰を下ろして、湯飲みを取った。

「何かご入り用の物がございましたら、番頭の与平に届けさせますが」

「いや、いまのところは特にない。それより大黒屋」

唐十郎は飲みさしの湯飲みを盆に置いて膝を崩した。宗兵衛は正座したまま、じっと次の言葉を待っている。

「ゆうべ、おれを襲った侍だがな」

「はあ」

「あれは倉橋監物の手の者かもしれぬ」

「え？」

宗兵衛は虚《きょ》をつかれたような顔になった。四年前に唐十郎が倉橋監物の息子・源吾を斬殺して脱藩したことは、宗兵衛も知っている。

「どうも、そんな気がしてならんのだ」

昨夜の黒覆面たちの、あの激烈な殺気は尋常ではなかった。のっけから殺害が目的だったことは明らかである。そして、それほどの怨《うら》み、憎悪、執念を持つ者は倉橋監物以外には考えられないのだ。

「それにしても、解《げ》せませんな」

宗兵衛が首をかしげた。

「何がだ？」

「千坂さまが江戸に住まわれて一年になります。その間、千坂さまの身辺に不穏な動きは一度もございませんでしたし、お国元から江戸に刺客《しかく》が差し向けられたという噂もいっさい聞きませんでした。それなのに、なぜいまごろになって

「……？」

「うむ」

同じ疑問を唐十郎も抱いていた。

ひょっとすると、この数か月の間に藩内で何か大きな動きがあったのではないか。

美濃大垣藩では、過去に何度か家中改革《かちゅう》が実施され、そのつど大幅な人員削減や人事異動が行われている。

延宝《えんぽう》八年（一六八〇）には、藩の財政再建のために知行《ちぎょう》取り三十六人、扶持《ふち》米取り三十八人、江戸詰め九十九人など、家臣の約一割が整理された。これを延宝の大暇《おおいとま》という。現代でいう大リストラである。

また九年前の享保《きょうほう》二十年（一七三五）九月には、七歳の幼君・戸田采女正《とだうねめのしょう》氏英《うじひで》が家督を継いだのを機に、大規模な家中仕置き替えが行われ、執権《しっけん》役・城代《じょうだい》役・郡奉行役・普請《ふしん》奉行役・勘定奉行役・船奉行役など、主だった役職がことごとく更迭《こうてつ》された。

このとき、新たに郡奉行の座についたのが、倉橋監物だった。

「家中仕置き替え、といえば聞こえがいいが……」

唐十郎が苦々しくいう。

「要するに、これは藩内の権力抗争なのだ」

現在、藩主の戸田氏英は十六歳である。この若い藩主を傀儡《かいらい》にして、またぞろ重臣たちが「家中改革」の名のもとに権力抗争をはじめたのではないか、と唐十郎は推論した。

人一倍野心が強く、権謀術数《けんぼうじゅっすう》にたけた倉橋監物が、そうした動きに乗じて権力の中枢《ちゅうすう》に食い込んだということも十分考えられる。

そうなれば、配下の者を堂々と江戸へ送り込むこともできるし、国元に居ながら江戸藩邸の侍たちを動かすこともできるのだ。

「どうやら、江戸も安住の地ではなくなったな」

冷めた茶をすすりながら、唐十郎は重苦しくつぶやいた。

「いずれにしても、千坂さまの身の安全が第一でございます。しばらく外出はお控えなさったほうがよろしいかと……」

「うむ」

「重蔵さんや丈吉さん、お仙さんには手前のほうから事情を説明しておきましょう」

「では、手前はこれにて」

「頼む」

宗兵衛は一礼して腰を上げたが、ふと思い出したように、

「納戸《なんど》に網代笠《あじろがさ》がございます。お出かけになるときは、それをご着用くださいまし」

といいおいて、そそくさと出ていった。

四

日本橋北新堀の銘酒屋『嵯峨屋』の酌女・おようが、お仙の長屋に身を寄せてから、何事もなく四日が過ぎていた。そろそろほとぼりが冷めたころだろうと思い、お仙はおようの家の様子を見に行くことにした。

この日も、雲ひとつない冬晴れだった。

穏やかな陽気のせいか、どこの通りも人があふれている。

おようの借家は、霊岸島・富島町の小家がひしめく狭い路地の奥にあった。

海が近いせいか、このあたりは漁師の家が多い。

おようの借家も以前は漁師が住んでいたという。古い小さな一軒家だった。家の裏手は空《あ》き地になっており、その先に越前堀《えちぜんぼり》が流れている。あたりに人気《ひとけ》がないのを見定めると、お仙は素早く玄関に足を踏み入れ、念のために履物《はきもの》をふところに忍ばせて部屋に上がった。

六畳の茶の間と四畳半の寝間、それに二坪ほどの台所がついただけの、こぢんまりとした家だが、部屋の中は小ぎれいに片付いていた。

（留守中に、常吉がこっそり訪ねてきたかもしれない）

そう思って部屋の中を丹念に見廻したが、常吉が立ち寄った形跡はなかった。もし常吉が訪ねてきたとすれば、そのことをおように伝えるために、かならず何か痕跡を残していくはずである。だが、それらしいものもまったく見当たらなかった。

（鏡台はどこかしら？）

お仙はあらためて寝間の中を見渡した。長屋を出るとき、おようから化粧品を持ってくるよう頼まれたのである。

お仙の目が部屋のすみの小さな鏡台に止まった。

引き出しを開けてみると、紅《べに》や白粉《おしろい》・眉墨《まゆずみ》・髪油《かみあぶら》・紅筆・梳《す》き櫛《ぐし》などが入っていた。それらを手早く袱紗《ふくさ》に包んで寝間を出ようとしたとき、ふいに玄関で物音がした。

（……！）

お仙は反射的に身をひるがえし、台所に走った。

がらり。玄関の戸が開く音がした。

お仙は勝手口の板戸を引き開けて裏に飛び出し、板戸に体を張りつけるようにして中の様子をうかがった。侵入者の正体を見きわめようと思ったのである。

息を殺して、板戸の節穴から屋内の様子をうかがっていると、畳を踏みしめる音がして部屋の暗がりに人影が二つ、浮かび立った。

いずれも凶悍《きようかん》な面構えをした浪人者である。

「変わった様子はなさそうだな」

一人が部屋の中を見廻しながら、くぐもった声でいった。もう一人の浪人者が茶の間と寝間を念入りに調べながら、「よし」とうなずき、

「また夜にでも出直してこよう」

と相棒をうながして部屋を出ていった。それを見届けると、お仙はひらりと背を返して風のように走り去った。

「どんな様子でした？」

神田佐久間町の長屋にもどると、おようが心配そうな顔で奥から出てきた。

「やはり、見張られてたわ」

「そう」

おようの表情が曇《くも》った。

「当分、あの家にはもどれないわね」

「…………」

おようは困惑したように目を伏せた。常吉がなぜ命をねらわれているのか。その理由《わけ》をおようはまだ知らなかった。事実を知ったら悲しむだろうと思い、お仙はあえてそのことを打ち明けなかったのである。

「あ、そうそう」

お仙が思い出したように袱紗包みを差し出した。

「お化粧品、持ってきましたよ」

「お手数をおかけして申しわけございません」

「お腹《なか》すいたでしょ？　すぐお昼の支度をしますから」

お仙が腰を上げようとすると、それを制するように、

「お仙さん」

おようが呼び止めた。

「大事なことを思い出しましたよ」

「え？」

けげんそうな表情で、お仙は座り直した。

「常吉さんのことで、一つだけ心当たりが……」

遠くを見るような目つきで、おようがぽつりぽつりと語りはじめた。

「あれは、二月《ふたつき》ほど前のことでした。いつも一人でお店にくる常吉さんが、めずらしく男の人を連れてきたんです」

男の名は長次郎《ちようじろう》。歳は三十ぐらいだった。かつて常吉が深川の料理茶屋で板前の修業をしていたとき、何くれとなく面倒をみてくれた兄弟子で、常吉はその男を「兄《あに》さん、兄さん」と呼んでいたという。

「ひょっとすると、その人が常吉さんの居所《いどころ》を知っているんじゃないかと」

「おようさん、その人の住まいをご存じなの？」

「住まいは知りませんが、深川の伊勢崎《いせざき》町にお店を構えているとか。たしか『み

のや』という名のお店だったと思います」

「『みのや』？」

お仙はちょっと考えて、兄に訊けばわかるかもしれないわ、といった。

「お兄さん？」

「猪牙舟の船頭をしてるんです。この時刻なら柳橋の船着場にいると思います。近くですから行ってみませんか」

「ええ」

うなずいて、およう は立ち上がった。

柳橋の船着場に行くと、果たせるかな、丈吉が猪牙舟を桟橋に着けて、ぼんやり煙管《キセル》をくゆらせながら客待ちをしていた。

お仙は、およう を石段の上に待たせて桟橋に下りていった。

「兄さん」

「よう、お仙か」

丈吉が振り向いた。

「お昼ご飯、食べたの？」

「これから食いに行こうと思ってたところだ。何ならおめえも一緒に……」

といいかけて、丈吉は石段の上に立っているおように気づき、軽く会釈《えしゃく》を送った。おようのことは唐十郎から聞いて知っていたが、本人に会うのははじめてだった。

「外に連れ出すのは、あぶねえぜ」

と小声でいった。

「ちょっと急用があって。……兄さんに訊きたいことがあるんだけど」

お仙が用件を切り出そうとすると、丈吉はそれを遮《さえぎ》るようにして、その前におめえに話しておきてえことがある、と声をひそめていった。

「おとついの晩、千坂の旦那が覆面の侍に襲われたそうだ」

「えっ！」

お仙は思わず息を呑んだ。丈吉にその件を伝えたのは、大黒屋宗兵衛である。

「いまは向島の大黒屋の寮に身を隠している。しばらく外に出られねえので、旦那との連絡《つなぎ》はおれが取ることにした。何かあったらおれに知らせるんだぜ」

「………」

お仙は驚きのあまり言葉を失っている。

「で、訊きてえってことは何なんだい？」

丈吉があらためて訊き返した。

「じつは……」

お仙は気を取り直して、おようから聞いた話をかいつまんで語り、

「兄さん、伊勢崎町の『みのや』ってお店、知ってる?」

と訊いた。

「『みのや』? 聞かねえ名だが……、行ってみりゃわかるだろう」

「連れてってくれる?」

「ああ、いいとも」

お仙は振り返って、およように手を振った。おようが足早に石段を下りてくる。

「話はお仙から聞きやしたよ。さ、乗っておくんなさい」

丈吉にうながされて、二人は舟に乗り込んだ。

柳橋の船着場を離れた猪牙舟は、大川を下って深川に向かった。

永代橋《えいたい》の手前にさしかかったところで、舟はゆっくり舳先《へさき》を左にめぐらし、大川東岸の掘割りに入っていった。この掘割りを俗《ぞく》に仙台堀《せんだい》という。

深川佐賀《さが》町と清住《きよずみ》町の間を東に流れる川幅二十間(約三十六メートル)の大運河で、その名の由来について『江戸砂子《すなご》』(江戸の地誌)には、

〈仙台（藩）の蔵屋敷《くらやしき》有り、よって名とす〉

と記されている。

左に松平陸奥守《まつだいらむつのかみ》の下《しも》屋敷の築地塀《ついじべい》を見ながら東へ一丁ほど舟を進めると、前方左手に船着場が見えた。伊勢崎町の船着場である。

元禄《げんろく》のころまで、このあたりは材木置場だったが、正徳《しょうとく》三年（一七一三）の火事で類焼したのを機に、掘割り沿いに広い道を通したのが町屋の発展につながり、現在は深川屈指の盛り場として繁栄している。

丈吉は船着場の桟橋に舟を着けると、おようとお仙を舟に待たせて掘割り通りの人混みに消えていったが、すぐにもどってきた。『みのや』の場所がわかったという。

二人は丈吉のあとについてその場所に向かった。

船着場からほど近いところに、左に折れる路地があった。路地の両側には小料理屋や居酒屋、煮《に》売り屋、一膳めし屋などがひしめくように軒《のき》をつらねている。

「ここだ」

丈吉が足を止めたのは、間口二間ほどの小さな煮売り屋の前だった。軒行燈《あんどん》に『みのや』の屋号が記されている。のれんはまだ出ていなかったが、店内には人の気配があった。

「わたしたちは、ここで待ってますから」

お仙にうながされて、おようはためらうように店の中に入っていった。

「ごめんくださいまし」

奥に声をかけると、板場で料理の仕込みをしていた男が、手拭いで手を拭きながらうっそりと出てきた。色の浅黒い、一徹《いってつ》そうな顔をした男である。

「おようさんじゃねえか」

男は驚いたような表情を見せた。この男が常吉のかつての兄弟子・長次郎だった。

「いつぞやは、どうも」

おようが丁重に頭を下げると、長次郎はふっと微笑を浮かべて、

「こいつは奇遇だな。今夜にでも北新堀の店を訪ねようと思っていたところだ」

「『嵯峨屋』にですか？」

「ああ、常吉のことでね。ゆんべ、ひょっこり姿を現したんだよ、ここに」

「このお店に……、常吉さんが！」

おようは目を見張った。

長次郎の話によると、昨夜の四ツ半（午後十一時）ごろ、最後の客を送り出して店じまいに取りかかろうとしたとき、裏口の戸を叩《たた》く音がしたので出てみると、頰《ほお》かぶりをした常吉が暗がりに立っていた。

「どうしたい？　こんな時分に」

長次郎がけげんそうに訊ねると、常吉はひどく怯《おび》えた様子であたりの気配をうかがいながら、博奕《ばくち》のいざこざに巻き込まれて、悪仲間に追われていると早口にいい、おように言伝《ことづ》てを頼みたいといって、すぐに姿を消したという。

「わたしに言伝てを？」

おようが訊き返した。

「明後日《あさって》の暮れ六ツ、四《よ》ツ谷大木戸《やおおきど》の水番屋《みずばんや》の前にきてくれと」

昨夜の話だから、長次郎がいう明後日とは、明日のことである。常吉はそれだけいうと長次郎が止めるのも聞かず、逃げるように立ち去っていった。

「常吉はおまえさんを連れて郷里《くに》に帰るつもりなんだ」

「常吉さんの郷里って……？」

「武州《むさし》の府中宿《ふちゆうじゆく》だよ」

武蔵国・府中宿は甲州《こうしゆう》街道の宿駅の一つで、江戸からの距離は七里二十六丁

（約三十キロ）。人口二千七百六十二人。家数四百三十軒。本陣が一つ、脇本陣が二つあり、旅籠屋は二十九軒ある。江戸の盛り場とくらべても、引けを取らぬほど繁華《はんか》な宿場町なので、働き口はいくらでもある。そこで常吉はまっとうな職を得て、おようと一緒に一からやり直すつもりだろう、と長次郎はいった。

「もっとも、行く行かないは、おまえさんが決めることだがね」

「………」

おようは黙っている。返事をためらっているのではなく、感きわまって言葉に詰まったのである。数瞬の沈黙のあと、

「わたし、行きます。常吉さんについていきます」

おようは意を決するように、きっぱりといい切った。憑《つ》きものが落ちたように、晴々としたその表情を見て、

「そうかい。それを聞いてあっしも安心したよ」

長次郎の顔にも笑みが広がった。

五

翌日の八ツ半（午後三時）ごろ。

丈吉は人目を警戒しながら、向島の大黒屋の寮をこっそり訪ねた。

「旦那、あっしです」

玄関の前に立って声をかけると、ややあって戸がわずかに引き開けられ、唐十郎がちらりと顔をのぞかせた。用心のためか、右手には愛刀・左文字国弘を引っ下げている。

「入れ」

唐十郎にうながされて素早く体をすべり込ませると、丈吉はうしろ手で戸を閉め、唐十郎のあとについて居間に入った。

「常吉から連絡《つなぎ》がありやしたよ」

火鉢の前に腰を下ろすなり、丈吉は昨日のいきさつを語り、今日の暮れ六ツ、四ツ谷大木戸の水番屋の前で、おようと常吉が落ち合う手はずになっていることを告げた。

「およう は一人で行くつもりなのか？」

「いえ、万一があるといけねえんで、大木戸まであっしがついて行くことにしやした」

「そうか」

唐十郎は一瞬考え込んだが、よし、と手を打って、

「おれは先廻りしよう」

「先廻り？」

「およう の前では常吉も本当のことを話しづらいだろうからな」

「なるほど……」

得心がいったように、丈吉はうなずいた。

「おまえたちは少し到着を遅らせてくれ」

「承知いたしやした」

と腰を上げる丈吉へ、

「ところで、丈吉」

唐十郎が訊ねた。

「西崎伊織が泊まっている旅籠屋は見つかったのか」

「それが……」

口ごもりながら、丈吉は面目《めんぼく》なさそうに頭をかいた。

「竹町の渡し場近くの旅籠屋を片っぱしから当たってみたんですが、一向に」

「見つからんか」

「へえ。引きつづき山之宿町《やまのしゅく》のほうを当たってみるつもりです。あと二、三日待ってもらえやせんか」

「いいだろう。手間をかけるが、よろしく頼む」

「じゃ、あっしはこれで」

一礼して、丈吉は出ていった。

唐十郎はすぐさま寝間にとって返し、身支度にとりかかった。

黒の羽二重《はぶたえ》に仙台平《せんだいひら》の袴をはき、納戸から網代笠を取り出して目深《まぶか》にかぶると、左文字国弘を腰にたばさんで寮を出た。

雑木林の中の小径《こみち》を抜けると、前方に小高い土手が見えた。

桜の名所として名高い墨田堤である。春は多くの花見客で賑《にぎ》わうが、冬のこの季節には訪れる人もなく、ひっそりと静まり返っている。

三囲稲荷社の鳥居の前の石段を上り、堤の上に立った。

西に傾きはじめた陽差しが、大川の川面を黄金色《こがね》に染めている。

堤の西側には川原に下りる道があり、その先に渡し場があった。竹屋《たけや》の渡し場という。

桟橋に渡し舟が着いていた。数人の客が舟に乗り込んでいる。

唐十郎は桟橋に駆け寄って、舟に飛び乗った。

竹屋の渡し場から対岸の浅草瓦町《かわら》に渡り、そこから浅草御門橋の前に出て、神田川沿いの道を西をさして歩きつづけた。

湯島から小石川《こいしかわ》、市《いち》ヶ谷《や》を経由して、甲州街道の四ツ谷大木戸に着いたのは、暮れ六ツ少し前だった。日がとっぷり暮れて、街道は夕闇につつまれている。

大木戸を抜けると、すぐ左手に丸太組の水番屋が建っていた。番人はもう引き揚げたのであろう。戸が閉ざされていて、中に人の気配はなかった。

番屋の脇を流れる水路は玉川上水《たまがわじょうすい》である。多摩郡《たまごおり》の羽村《はむら》から流れてきた玉川上水は、ここで地下十尺（約三メートル）に埋められた石樋《いしどい》や木樋《もくひ》を通って、江戸市中に給水されるのである。この上水を管理するために置かれたのが水番屋で、水路のほとりには、
此の上水道において

魚とり水をあびて
ちりあくた捨てるべからず
奉行

と記された制札《せいさつ》が立っている。

唐十郎はその制札の前で足を止め、網代笠のふちを押し上げて四辺の闇を見渡した。

街道を往来する人影もなく、あたりは物寂しい静寂に領されている。ややあって、聞こえてくるのは水路の水音だけである。

――ゴーン、ゴーン、ゴーン。

と暮れ六ツを告げる市ヶ谷八幡《はちまん》の時の鐘の音が間遠に聞こえはじめた。

と、そのとき……、
水番屋の裏手の雑木林の中から、突然、男の怒声がひびいた。

(……………!)

唐十郎は反射的に走った。

雑木林の木立の間に、ちらちらと黒影がよぎっている。

夕闇に目をこらして見ると、紺の半纏《はんてん》をまとった職人体の男が、林の中を必死に逃げ廻っていた。そのあとを二人の浪人者が抜き身を振りかざして追っている。

「ひ、人殺し！」

叫びながら、男が街道に飛び出してきた。唐十郎が駆けつけると、男はたたらを踏んで立ち止まり、絞り出すような声で「ご浪人さま、お、お助けくださいまし」といって、素早く唐十郎の背後に廻り込んだ。歳は二十五、六。色白のやさ男である。

「おまえが常吉か」

唐十郎の問いかけに、男は瞠目《どうもく》した。

「な、なぜ、あっしの名を……？」

やはり、この男が常吉だった。

「わけはあとでゆっくり話す」

そういうと、唐十郎はゆっくり振り返った。

常吉を追ってきた二人の浪人者が、足を止めて唐十郎を射《い》すくめた。

「貴様、何者だ！」

だみ声を発したのは、口のまわりに黒々と髭《ひげ》をたくわえた、鍾馗《しょうき》のように獰猛《どうもう》な顔つきの浪人者だった。

「見たとおりの素浪人だ」

「貴様には関わりない。その男を引き渡せ」

もう一人の猪首《いくび》の浪人者が、威嚇《いかく》するようにいった。五尺そこそこの短軀《たんく》だが、肩の肉が厚く、がっしりした体つきをしている。

「そうはいかん」

「なに」

「おれもこの男に用がある」

「ほざくな！」

「邪魔《じゃま》立てすると、貴様も無事ではすまんぞ！」

わめくなり、二人の浪人者は刀を振りかぶって左右に跳んだ。挟撃の構えである。

唐十郎は右足を引いて半身に構え、両手をだらりと下げた。

右には髭の浪人者、左には猪首の浪人者。それぞれ刀を中段に構え、足をすりながら寸きざみで間合いを詰めてくる。

唐十郎は半身に構えたまま、二人の足元に目をつけた。

髭の浪人者のべた足に対して、猪首の浪人者の重心は右爪先《つまさき》に乗っている。その足さばきを見るかぎり、猪首の浪人者のほうがやや技量が上のようだ。

(左が先にくる)

唐十郎はそう直観した。次の瞬間、

「死ね!」

案の定、先に動いたのは猪首の浪人だった。踏み込むと同時に、中段に構えた刀を上段に振りかぶり、袈裟がけに斬り下ろしてきた。

だが、そこに唐十郎の姿はなかった。

刀が振り下ろされた瞬間、横に跳んで切っ先をかわしたのである。

猪首の浪人の体が大きくよろめいた。、唐十郎はすぐさま体を反転させた。

右から髭の浪人が斬りかかってきた。

しゃっ!

片膝をついて身を屈すると、唐十郎は抜く手も見せず刀を横に払った。

「わっ」

悲鳴を上げて、髭の浪人がよろめいた。音を立てて血が噴出する。

浪人は信じられぬように目を剝《む》いた。

横一文字に斬り裂かれた脇腹から、白いはらわたが飛び出している。

髭の浪人は目を剝いたまま、ドッと前のめりに倒れ伏した。ほとんど即死だった。

「おのれ！」

体勢を立て直した猪首の浪人が、刀を脇構えにして突進してきた。

唐十郎の刀が一閃した。峰で相手の刀を叩き落とし、すかさず手首を返して下から斜め上に薙ぎ上げた。瞬息の逆袈裟である。十分な手応えがあった。

「げっ」

奇声を発して、猪首の浪人がのけぞった。左脇腹から胸、右首筋にかけて、たすきをかけたように斜めに赤い筋が奔《はし》っている。めくれた肉の間から白いあばら骨が見えた。

両手で虚空をかきむしりながら、猪首の浪人者は仰向《あおむ》けに転《ころ》がった。

唐十郎は二人の死体に冷やかな一瞥《いちべつ》をくれると、鍔音《つばおと》をひびかせて刀を鞘《さや》に納め、ゆっくり背後を振り返った。常吉が青ざめた顔で立ちすくんでいる。

「おまえに訊きたいことがある」

「へ、へい」

常吉が我に返ったようにうなずいた。

「阿片《あへん》密売一味の黒幕は何者なんだ？」

「あ、あの……」

「安心しろ。おまえを咎《とが》めるつもりはない。正直に白状したら逃がしてやる」

「あ、あっしは何も知らねえんで」

唐十郎は疑わしい目で常吉を見た。

「ほ、本当です。本当にあっしは何も知らねえんです」

「阿片はどこで手に入れた？」

「博奕仲間の巳之助って男です」

「その巳之助から阿片の入手先について何か聞かなかったか」

「そういえば……」

常吉はうつむいて考え込んだが、すぐに顔を上げて、

「くちなわの安《やす》っていい、男から仕入れたといっておりやしたが」

「くちなわの安？」

「深川を根城《ねじろ》にしているやくざ者だそうです」

「ほかに何か心当たりはないか」

「いえ、あっしが知っているのはそれだけで」

そういって、常吉はけげんそうな顔で唐十郎を見た。

「ところで、ご浪人さまは、なぜあっしのことをご存じなんで？」

「おようから聞いたのだ」

唐十郎が事情を説明すると、常吉はほっとしたように表情をゆるませ、

「そうですかい。そんないきさつがあったとは知らずに、ご無礼をいたしやした。おように代わって、あっしからもあらためてお礼を申し上げやす」

「礼にはおよばぬ。それより常吉」

唐十郎は路上に横たわっている二人の浪人者の死体に目をやった。

「もうじき、おようがここへくる。死体を片づけておいたほうがいいだろう」

「へえ」

常吉に手伝わせて、二人の浪人者の死体を雑木林の藪《やぶ》の中に引きずり込むと、唐十郎は何事もなかったように水番屋のほうへ引き返していった。

それからほどなくして、夕闇のかなたに二つの影が浮かび立った。

丈吉とおようである。水番屋の前に立っている唐十郎と常吉を見て、二人は小走りに駆け寄ってきた。およは姐《あね》さんかぶりに白い手甲脚絆《てっこうきゃはん》、草鞋《わらじ》ばきといっ

た旅支度である。

「常吉さん！」

おようが常吉の胸に飛び込んできた。

「およう、会いたかったぜ」

常吉がひしと抱きすくめる。その腕の中でおようはかすかに嗚咽《おえつ》を洩らした。

ひとしきり再会の喜びにひたったあと、常吉がゆっくりおようの体を離し、背後に立っている唐十郎と丈吉を振り返った。

「先を急ぎやすんで、あっしらはこれで失礼いたしやす」

「道中、気をつけてな」

「お世話になりました」

おようが唐十郎と丈吉を顧《かえり》みて、深々と頭を下げた。

「このご恩は一生忘れません。お仙さんにもよろしくお伝えくださいまし」

「では、ごめんなすって」

常吉はもう一度頭を下げると、おようをうながして足早に去っていった。

二人の姿が夕闇に消えてゆくのを見届けると、唐十郎は踵《きびす》を返して雑木林のほうに歩き出した。大木戸とは逆の方向である。丈吉はけげんそうにあとを追った。

「旦那、どちらへ？」

　「おまえに見せたいものがある」

　丈吉に背を向けたまま、唐十郎は雑木林の中に足を踏み入れ、「これだ」と藪陰を指さした。二人の浪人者の血まみれの死体が転がっている。

「こ、これは……！」

　丈吉は仰天して跳びすさった。

「おれが斬った」

「な、何者なんですかい？　この二人は」

「阿片密売一味に雇われた殺し屋だろう。常吉を待ち伏せしていたようだ」

「待ち伏せ？　……け、けど、常吉がここへくることは、あっしとお仙とおよう、それに『みのや』の長次郎しか知らねえはずなんですが」

「丈吉。その『みのや』に案内してくれぬか」

　丈吉は思わず息を呑んだ。

「ま、まさか、長次郎が……！」

「もう手遅れかもしれんがな」

暗然とつぶやきながら、唐十郎は背を返して雑木林を出た。
街道を包み込んでいた淡《あわ》い夕闇が、いつしか宵闇《よいやみ》に変わっていた。

第四章　くちなわの安《やす》

一

江戸市中にもどった唐十郎と丈吉は、柳橋の船着場から丈吉の猪牙舟《ちよきぶね》で深川に向かった。

伊勢崎町に着いたのは、五ツ半（午後九時）ごろだった。

仙台堀に面した通りは、おびただしい灯《あかり》の色に彩《いろど》られ、着飾った女や一杯機嫌の嫖客《うかれお》たちがひっきりなしに行き交《か》っていた。さながら祭りのような賑《にぎ》やかさである。

舟を下りた二人は、船着場からほど近い路地を左に曲がった。

そこにも光と人があふれていた。路地のあちこちから三味線や唄声、甲高い女の嬌声《きようせい》、下卑《げび》た男の高笑いなどが流れてくる。

「あの店です」

丈吉が足を止めて、前方を指さした。一軒だけ軒行燈《のきあんどん》の明かりを消して、ひっそりと戸を閉ざしている店があった。煮《に》売《う》り屋『みのや』である。

「明かりが消えているな」

「のれんも出てませんね」

丈吉が店の前に歩み寄って、中に声をかけてみた。が、応答はなかった。

「入ってみやしょうか」

「うむ」

二人は素早く戸を引き開けて中に入った。店内には一穂《いっすい》の明かりもなく、冷え冷えとした闇《やみ》がこもっていた。

「丈吉、明かりを探してくれ」

「へい」

丈吉は手さぐりで火打ち石を探し、柱の掛け燭《しょく》に灯《ひ》を入れた。

店内にぽっと淡《あわ》い明かりが広がった。その瞬間、二人は思わず息を呑《の》んだ。卓が横倒しになり、割れた皿や小鉢が床に散乱している。まさに落花狼藉《ろうぜき》。嵐が吹き抜けたような荒れようである。

「だ、旦那《だんな》!」

板場をのぞき込んだ丈吉が、驚声を発した。

「どうした？」

「あ、あれを……！」

板場の暗《くら》がりに、血まみれの男が仰向《あおむ》けに倒れている。確かめるまでもなく、男はすでにこと切れていた。

「この男が長次郎か」

「へ、へい」

昨日、おようをこの店に連れてきたとき、丈吉は戸の隙間《すきま》からちらりと長次郎の顔を見たのである。死体は間違いなく長次郎だった。

唐十郎は板場に足を踏み入れ、死体のかたわらにかがみ込んだ。

刃物で左胸を一突きにされている。殺されてから半日以上はたっているだろう。傷口から流れ出た血はどす黒く固まっていた。

「相当痛めつけられたようだな」

唐十郎は思わず顔をしかめた。長次郎の顔面は青黒く腫れ上がり、左目はつぶれ、鼻孔と口の端に血がにじんでいる。凄惨《せいさん》な暴力の痕跡である。

長次郎はその責め苦に堪《た》えかねて、常吉が四ツ谷の大木戸でおようと落ち合うことを白状してしまったのだろう。

下手人が先刻の二人の浪人者であることは、疑うまでもなかった。

「ひでえことをしやがる」

うめくようにいって、丈吉は長次郎の死体に手を合わせた。

と、そのとき、腰高障子《こしだかしょうじ》にすっと影がさして、

「長次郎さん、今夜は休みかい？」

と男の声がした。常連客が訪ねてきたようだ。

二人はとっさに身をひるがえし、板場の奥の勝手口から裏路地に飛び出した。人気《ひとけ》のない細い路地を走り抜けて、仙台堀の船着場にもどると、二人は猪牙舟に乗り込み、ふたたび大川に向かって舟を漕《こ》ぎ出した。

唐十郎は胴の間に胡座《こざ》して、前方の闇をじっと見つめている。

丈吉も無言のまま黙々と櫓《ろ》を漕いでいる。

長次郎の無残《むざん》な死が二人の心を重く沈ませていた。

深川の街の灯が次第に遠ざかってゆく。

やがて前方に両国橋の巨大な影がおぼろげに浮かび立った。橋の左手に見える街明かりは両国広小路、右手にきらめく灯影《ほかげ》は本所尾上《おのえ》町の盛り場の明かりであ

る。

「旦那」

丈吉が櫓を漕ぐ手をゆるめて、唐十郎に声をかけた。

「向島の寮《りょう》にもどるんですかい？」

「いや」

唐十郎はかぶりを振った。

「重蔵の店に立ち寄るつもりだ。両国で下ろしてくれ」

「かしこまりやした」

うなずいて、丈吉は力強く櫓を漕ぎ出した。

舟はほどなく両国橋西詰の船着場に着いた。

唐十郎はそこで丈吉と別れ、馬喰町二丁目の『稲葉屋』に足を向けた。

旅籠《はたご》屋街の通りは、昼間の賑わいが嘘《うそ》のようにひっそりと寝静まっていた。

『稲葉屋』の軒行燈も消えている。

唐十郎は店の横の路地から裏手に廻《まわ》った。裏窓の障子にほんのりと明かりがにじんでいる。どうやら重蔵はまだ起きているようだ。

裏口の戸を叩《たた》くと、奥から人が出てくる気配がして、低い声とともに板戸が開き、重蔵が不審そうに顔をのぞかせた。

「どちらさまで？」

「おれだ」

唐十郎が網代笠《あじろがさ》のふちを押し上げると、重蔵は素早く四辺の闇に鋭《するど》い目をくばり、どうぞ、お上がりになってと唐十郎を奥の六畳の部屋に招じ入れた。酒を飲んでいたらしく、畳の上には貧乏徳利《とっくり》と飲みかけの茶碗酒、漬物の小鉢などが置かれてある。

「寝酒をやっていたのか」

「へえ。旦那も一杯いかがですか」

「相伴《しょうばん》にあずかろう」

「少々お待ちを」

重蔵は台所から茶碗を持ってきて酒を注ぐと、「あっしに何か急用でも？」とけげんそうな目で唐十郎の顔を見た。

「例の常吉という男だが……」

茶碗酒をすすりながら、唐十郎は先刻の事件の一部始終を語った。常吉が阿片《あへん》の密売人だったことは、大黒屋宗兵衛を通じてすでに重蔵にも伝わっている。

「で、野郎は阿片の密売元を吐《は》いたんですかい？」

「巳之助が深川のやくざ者から仕入れていたといっていたが……」

「深川のやくざ者？」

「くちなわの安という男だ。心当たりはないか？」

「さて」

重蔵は小首をかしげた。

「聞かねえ名でござんすねえ」

〝くちなわ〟とは朽縄、すなわち腐った縄のことをいうが、その姿が蛇《へび》に似ているところから古来蛇の異名とされてきた。

やくざ者や破落戸《ごろつき》が好んで使う通り名の一種である。

「本名は安蔵《やすぞう》とか安兵衛《やすべえ》、安吉《やすきち》といったところだろうな」

「わかりやした。さっそく明日にでも当たってみやしょう」

そういって唐十郎の茶碗に酒を注ぎ足すと、重蔵は急に険《けわ》しい表情になり、

「あっしからも旦那のお耳に入れておきてえことがあるんで」

「どんなことだ？」

「倉橋監物のことで」

唐十郎は意外そうに見返した。

「監物がどうかしたのか」

「一月《ひとつき》ほど前に江戸詰めになったそうです」

「なに」

思わず瞠目《どうもく》し、飲みかけの茶碗酒を畳の上に置いた。

「それはまことか」

「間違いございやせん」

重蔵はきっぱりといい切った。

「しかし、なぜ、おまえがそのことを……？」

「大黒屋の旦那から頼まれたんですよ。大垣藩の江戸藩邸の様子を探ってくれと」

「なるほど」

それで得心《とくしん》がいった。大黒屋宗兵衛は唐十郎の身を案じて、重蔵に先夜の襲撃事件の真相を探らせようとしたのである。

宗兵衛の依頼を受けた重蔵は、さっそく闇の手づるを使って藩邸で陸尺《ろくしやく》（駕《か》籠《ご》かき）をつとめている仁吉《にきち》という渡り中間《ちゆうげん》に接触、両国の水茶屋にさそい出し、たっぷり酒を飲ませて情報を引き出したのである。

その仁吉の話によると、先月の初旬、倉橋監物は国元から数人の供を引き連れて出府、江戸留守居役《るすいやく》に着任したという。

(江戸留守居役!)

唐十郎は驚愕《きょうがく》した。

江戸留守居役とは、江戸藩邸に常駐し、幕府との折衝《せっしょう》や大名諸家との連絡・調整、および各種情報収集を主務とする重職で、家老級の上席者が任ぜられるのが通例であった。それほどの要職に知行《ちぎょう》高五百石の郡《こおり》奉行が登用されるのは、異例中の異例といっていい。

(何か裏があるに違いない)

唐十郎は直感的にそう思った。

以前から倉橋監物には、金《かね》にまつわる黒い噂《うわさ》が絶えなかった。九年前の家中《かちゅう》仕置き替え(人事異動)で郡奉行の座についたときも、監物の周辺では不正に蓄財した金で出世を買ったのではないかという噂が流れたものである。

それに味をしめた監物が、郡奉行という役職を悪用して私腹を肥《こ》やし、さらなる出世をもくろんだとしても不思議ではない。

そう考えたとき、唐十郎の脳裏《のうり》にまったく別の思念がよぎった。

西崎伊織の謎《なぞ》の出府である。ひょっとすると、その件と倉橋監物の出世とは、どこかでつながっているのではないか？

伊織の父親・西崎伊右衛門は、藩内諸役の金銭の出納《すいとう》を監査する勘定吟味役《かんじようぎんみやく》である。

唐十郎が在藩していたころから、伊右衛門は謹厳実直《きんげんじつちよく》な能吏《のうり》として声望《せいぼう》が高かった。その伊右衛門が今回の監物の「異例の出世」に疑念を抱き、息子の伊織をひそかに江戸に差し向けて真相を探らせようとした、と考えれば何もかも平仄《ひよう そく》が合う。

「いずれにしても……」

重蔵が茶碗酒を干しながら、苦々《にがにが》しくいった。

「倉橋監物が江戸にいるかぎり、旦那も枕を高くして眠れやせんね」

「うむ」

唐十郎の声も苦い。

執念深い監物がこのまま黙って手を引くとは思えなかった。今後もあらゆる手段を使って唐十郎の行方を追いつづけるだろう。

江戸は広いようで狭い。朱引内《しゆびきうち》（江戸街衢《がいく》）の大半は武家地と寺社地が占め、町人が住む地域は四割にも満たないのだ。

江戸留守居役という重職を得た倉橋監物が、その政治力と情報網を駆使して探索に当たれば、唐十郎の行方を突き止めるぐらいは造作《ぞうさ》もあるまい。

現に神田多町の住まいは、監物の手の者によって突き止められている。向島の大黒屋の寮に探索の手が迫るのも時間の問題であろう。

「いつかは決着をつけなければと思っていたが……」

唐十郎がうめくようにいった。

「どうやらそのときが来たようだな」

「決着？　……と申しやすと」

「討《う》つか、討たれるか。二つにひとつだ」

「それじゃ……」

重蔵の顔が強張《こわば》った。

「受けて立つおつもりなんですね」

「逃げ隠れしても、同じことの繰り返しだからな」

苦渋に満ちた表情でそういうと、唐十郎は茶碗酒を一気に飲み干して立ち上がり、

「くちなわの安の件、頼んだぜ」

といいおいて、部屋を出ていった。

二

それから三日後――。

重蔵のもとに〝くちなわの安〟に関する有力な情報が入った。

情報をもたらしたのは、かつての重蔵の盗《ぬす》っ人《と》仲間で、現在は深川や本所界隈《かいわい》で銭緡《ぜにさし》を売り歩いている甚八《じんぱち》という男だった。

商売柄、巷《ちまた》の情報に詳しく、仲間内では「早耳《はやみみ》の甚八」の異名を取っていた。

ちなみに銭緡とは、穴開き銭をまとめるための細い紐《ひも》（藁《わら》や麻で作られている）のことで、十緡を一把《ぱ》、十把を一束《そく》とする。京坂では一束六十文、江戸では一束百文で売られていた。これを買うのは日銭稼ぎの小商人《こあきんど》である。

「〝くちなわの安〟が溜《た》まり場にしている居酒屋が見つかりやした。あっしが案

内しやすので、七ツ半（午後五時）ごろ、門前仲町《もんぜんなかちよう》の一ノ鳥居《とりい》まで来ておくんなさい」

甚八の言葉を受けて、重蔵はいつもより早めに店を閉め、着流しに綿入《わたい》れの羽織をまとって深川に向かった。

陽《ひ》が落ちたばかりだというのに、深川一の歓楽街・門前仲町（通称・馬場通り）はすでにおびただしい明かりに彩られ、酒と女を求めて江戸の各所から集まってきた遊客たちが蟻《あり》の群れのように通りを埋めつくしていた。

人混みを縫《ぬ》って一ノ鳥居に近づくと、鳥居の下に木賊《とくさ》色の半纏《はんてん》に濃紺《のうこん》の腹巻、鼠《ねずみ》色の股引《ももひ》きをはいた四十年配の小柄な男が人待ち顔でたたずんでいた。

銭緡売りの甚八である。

「やあ、稲葉屋の旦那」

目ざとく重蔵の姿を見つけた甚八が、足早に歩み寄って来て、

「あっしについて来ておくんなさい」

と小声でいうなり、先に立って歩き出した。

一ノ鳥居から西へ一町ほど行ったところに、右に折れる小路があった。西念寺《さいねんじ》横町という。甚八はその小路に足を向けた。

馬場通りの華やかな賑わいとは打って変わって、薄暗く淫靡《いんび》な雰囲気をただよわせたその小路の両側には、ほの暗い明かりを灯した小店が軒を連《つら》ね、あちこちに白首女や薄汚れた人足ふうの男、痩《や》せ浪人など、得体の知れぬ男たちがたむろしていた。

「あの店です」

前を行く甚八がふいに足を止めて前方に目をやった。

数間先の路地角に『達磨屋《だるまや》』の屋号を記した大きな提灯《ちょうちん》が見える。〝くちなわの安〟が溜まり場にしているという居酒屋だった。

「野郎は来てるかな?」

「さあ、入ってみやしょうか」

「ああ」

甚八と重蔵は連れ立って店に入った。

店内は意外に広かった。十坪ほどの土間に杉板で作られた細長い卓が川の字に三列並べられ、その奥に十畳ほどの板敷きがあった。ほとんど満席状態である。

「旦那、ここが空《あ》いておりやす」

甚八が奥の空いた席を見つけて手招きした。二人が席につくと、すかさず小《こ》女《おんな》が注文を取りに来た。燗酒《かんざけ》二本と烏賊《いか》の煮つけを注文する。酒と肴《さかな》はすぐに運ばれて来た。

二人は手酌《てじゃく》でやりながら、さり気なく店内を見廻した。

店の四隅の柱に掛け燭がかかっている。そのほのかな明かりの下で、仕事帰りの職人や人足、破落戸ふうの男たちが声高にしゃべりながら酒を飲んでいた。

まっとうな人間が出入りするような店でないことは一目でわかった。

おそらく殺された巳之助もこの居酒屋で〝くちなわの安〟と知り合い、阿片密売に手を染めるようになったのだろう。

「旦那」

甚八の目がふと一点に止まった。

重蔵は無言のまま甚八の視線の先を見た。

奥の板敷きの左隅の席で酒を酌《く》み交わしている三人の男がいた。いずれもやくざ者ふうの男たちである。一人は三十五、六のずんぐりした男で、眉《まゆ》が薄く、見るからに酷薄そうな面構《つらがま》えをしている。二人は手下らしき若い男である。

「あいつが〝くちなわの安〟か？」

重蔵が低く訊《き》いた。

「へえ。黒江町《くろえちょう》に巣くってるやくざ者で、本名は安造《やすぞう》といいやす」

「どこの一家だい？」

「親分なし子分なしの一匹狼《いっぴきおおかみ》ですよ。何でも二年ほど前までは、鉄砲洲《てっぽうず》の廻船問屋『興津屋《おきつや》』で水夫頭《かこがしら》をしていたとか」

「ほう」

猪口《ちょこ》の酒を舐《な》めながら、重蔵はあらためて安造に目をやった。

（水夫上がりか……）

いわれてみれば確かに日焼けした浅黒い顔をしている。

「じゃ、あっしはこのへんで」

猪口の酒を飲み干して、甚八がおもむろに腰を上げた。

「わざわざすまなかったな」

「どういたしやして」

「これはほんの気持ちだ。とっときな」

重蔵が小粒《こつぶ》を一個手渡すと、甚八はぺこりと頭を下げて、そそくさと出ていった。

甚八が出ていって四半刻ほどたったとき、奥の板敷きの席に動きがあった。

安造がふらりと立ち上がったのである。

どうやら二人の若い男を店に残して先に帰るようだ。

重蔵は猪口を傾けながら、安造の動きを目で追った。

板敷きを下りた安造は、小女に酒代を渡して店を出ていった。

それを見て重蔵もすかさず腰を上げた。

何食わぬ顔で卓の上に酒代を置くと、安造のあとを追って店を出た。

表はすっかり宵闇《よいやみ》につつまれていた。

小路はあいかわらずの雑踏《ざっとう》である。人混みの中に目ざとく安造の姿を見つけた重蔵は、四、五間の距離を置いて安造のあとを尾《つ》けはじめた。

西念寺横町を抜けると、掘割り通りに出た。左に流れる堀は黒江川である。

人の往来も町屋の明かりもまばらになり、四辺はひっそりと静まり返っている。

掘割り沿いの道を北へ半町ほどいったところで、安造の姿がふいに右の路地に消えた。

そのあとを追って、重蔵も路地に駆け込んだ。

人気の絶えた暗い路地を、安造がやや前かがみで足早に歩いてゆく。

た。

（いまだ！）

重蔵は地を蹴って、安造の背後に追いすがった。気配を感じて安造が振り向いた。

重蔵がすぐ背後に迫っている。

「おれに何か用か？」

凄《すご》むような目つきで、安造が訊いた。

「くちなわの安だな？」

「おめえさんは？」

「殺された巳之助とちょいと縁があってな」

「巳之助！」

安造は仰天し、とっさに身をひるがえした。だが、それより速く、重蔵の手が安造の襟首《えりくび》に伸びていた。引きもどされた反動で、安造の上体が大きくそり返った。

「は、放しやがれ！」

「巳之助に阿片を流していたのは、おめえだな」

「し、知らねえ。おれは何も知らねえ！」

「とぼけるな！」

一喝するや、重蔵は安造の首に左手を廻し、ぐいぐい絞め上げた。みるみる安造の顔が紅潮し、額《ひたい》に青い血管が浮かび立った。

「さ、いえ。巳之助に流した阿片はどこで手に入れた。素直に白状しねえと……」

いいさした瞬間、重蔵の左手に焼きつくような鋭い痛みが疾《はし》った。

「うっ」

思わず手を放した。その隙に、安造は重蔵の体を突き飛ばすようにして振り向いた。振りかざした右手にきらりと光るものがあった。匕首《あいくち》である。

（あっ）

と重蔵は息を呑み、同時に数歩跳びすさった。

だが、安造は襲って来なかった。くるっと踵《きびす》を返すと脱兎《だっと》の勢いで奔馳《ほんち》した。

間髪を入れず、重蔵もあとを追った。

ずんぐりした体軀《たいく》に似合わず、安造の逃げ足は驚くほど速い。文字どおりの韋《い》駄天《だてん》走りである。またたく間に安造の影が小さくなってゆく。

入り組んだ路地を二度三度曲がったところで見失った。

漆黒《しっこく》の闇を見据えて、重蔵は後悔のほぞを噛《か》んだ。細心の注意を払っていれば、安造が懐中に匕首を忍ばせていたことを予測できたはずである。一瞬の油断だった。

左手から血がしたたり落ちている。羽織の袖《そで》をまくって見た。前腕に一寸ほどの切り傷があったが、さほど深い傷ではなかった。

(ちっ)

と舌打ちしながら、重蔵はゆっくりと背を返して歩き出した。

半刻後の六ツ半(午後七時)ごろ——。

鉄砲洲・本湊《ほんみなと》町の寝静まった町通りを、足早に歩いてゆく男の姿があった。安造だった。重蔵の追尾を振り切った安造は永代橋を渡り、大川端沿いにここまで逃れて来たのである。

鉄砲洲は江戸に物資を運ぶ五百石船や千石船の発着地として栄えた町だが、大型船が直接着岸できるような岸壁はなく、親船は沖合に碇《いかり》を下ろし、船荷を艀《はしけ》に積み代えて本湊町の船着場に運んでいた。

船着場の周囲には、大小の廻船問屋や酒や味噌《みそ》、醤油《しょうゆ》など、いわゆる樽物《たるもの》を商《あきな》う問屋、船荷を保管する船蔵、船頭や水夫が宿泊する旅籠などが蝟集《いしゅう》している。町の一角に『興津屋』の木彫《きぼ》り看板をかかげた土蔵造りの大きな廻船問屋があった。

すでに大戸が下ろされ、軒灯も消えている。

安蔵は『興津屋』の横の路地から裏手に廻り、板塀の切戸口《きりとぐち》から中に入った。

広い庭の奥に二階建ての母屋《おもや》があり、右手に数寄屋《すきや》造りの離れがあった。

母屋の明かりは消えていたが、離れの障子にはほんのりと明かりがにじんでいる。

安造が離れの濡《ぬ》れ縁《えん》の前に歩み寄り、

「旦那」

と低く声をかけると、濡れ縁の障子が音もなく開き、鳶茶《とびちゃ》の紬《つむぎ》の羽織を着た五十がらみの恰幅《かっぷく》のよい商人が姿を現した。『興津屋』のあるじ茂左衛門《もざえもん》である。

頭髪は薄いが、眉は黒々と太く、隙のないしたたかな面立《おもだ》ちをしている。

「安造か。どうした？　こんな時分に」

「じつは……」

気まずそうに頭に手をやりながら、安造はちらりと座敷の奥に目をやった。

三人の浪人者が酒肴《しゅこう》の膳部を囲んで、酒を飲んでいる。一人は口髭《くちひげ》をたくわえた大兵《だいひょう》の浪人・志賀仙八郎《しがせんぱちろう》、その隣に座っている痩身《そうしん》の浪人が山室半兵衛《やまむろはんべえ》、もう一人のあばた面の浪人は仙石左内《せんごくさない》という。

安造が事情を説明すると、茂左衛門は太い眉を寄せて苦々しくいった。

「何者なんだ？　その男」

「巳之助と縁のある者だといっておりやしたが」

「巳之助？」

「ひょっとしたら、町方《まちかた》の手先じゃねえかと」

「そうか。とうとうおまえさんの身にも手が廻ったか」

「ほとぼりが冷めるまで、あっしはしばらく雲隠れするつもりで」

「行く当てはあるのか」

「へえ。女の家にでも転《ころ》がり込もうかと……」

「それがいいだろう」

鷹揚《おうよう》にうなずくと、茂左衛門はふところから財布を取り出し、「当座の生活費《ついえ》だ」といって安造に小判を一枚手渡した。

「お心づかいありがとう存じます。では、あっしはこれで」

一両の金子《きんす》を押しいただくと、安造は身をひるがえして走り去った。そのうしろ姿を見送った志賀仙八郎が、飲みかけの酒杯をおもむろに膳にもどし、

「興津屋」

と、すくい上げるように茂左衛門を見た。その目に残忍な光がよぎっている。

「わざわいの芽《め》は早めに摘《つ》み取っておいたほうがよいぞ」

「え」

茂左衛門の顔が強張った。

「わしに任せておけ」

いうなり、志賀は刀を持って立ち上がり、ずかずかと座敷を出ていった。

三

『興津屋』の離れを出た志賀仙八郎は、ほどなく鉄砲洲稲荷《いなり》の裏手の道で安造に追いついた。背後に迫る足音に気づいて、安造が不審げに振り向いた。

青白い月明かりの中に、小走りにやってくる志賀の姿が浮かび立った。

「志賀さま、何か御用ですかい？」

「忘れ物を届けにきた」

「忘れ物？　と申しやすと……」

「これだ」

いきなり抜刀した。安造は度肝《どぎも》を抜かれて立ちすくんだ。

「ま、まさか！」

「気の毒だが、死んでもらう」

「ち、畜生ッ」

安造がわめくと同時に、志賀の刀が一閃した。瞬息の逆袈裟《ぎやくけさ》である。

「わッ」

悲鳴を上げて、安造がのけぞった。斬《き》り裂かれた喉笛《のどぶえ》から血潮《ちしお》が噴き出している。

虚空をかきむしるようにして、安造は仰向けに転がった。

四肢《しし》がひくひく痙攣《けいれん》している。

だが、その動きはすぐに止まり、両目をカッと見開いたまま絶命した。

志賀は刀の血振りをして鞘《さや》に納めると、やおら安造のふところに手を差し込み、

「貴様には無用の金だ。おれがいただいておこう」

低くつぶやきながら小判をわしづかみにして、冷然とその場を立ち去った。


「いかがでございました？」

『興津屋』の離れにもどった志賀に、茂左衛門が心配そうに声をかけた。

「始末した」

ずけりといって、志賀は何事もなかったように着座した。

「お手数をおかけしました。ささ、どうぞ、口直しに一杯」

茂左衛門が酌をしながら、

「これで、手前どもの秘密を知る者はすべて……」

といいさすのへ、

「いや、いや」

と山室半兵衛がかぶりを振っていった。

「まだ油断はならんぞ」

「わしらの仲間が四人も斬られておるのだ」

語をついだのは、仙石左内である。

四人の仲間とは、日本橋北新堀の銘酒屋『嵯峨屋』の酌女・おようを襲った二人の浪人者と、四ツ谷大木戸の水番屋の前で常吉を襲った二人の浪人者のことである。その四人を斬ったのが千坂唐十郎であることを、むろん志賀たちは知るすべもなかった。

「そやつの正体を突き止めんかぎり安心はできまい」

「一体何者でございましょう?」

茂左衛門が怯《おび》えるような目で反問した。

「わからん」

「いずれにしても……」

志賀が口をゆがめていう。

「かなりの手練《てだれ》だ。ただものではあるまい」

「幕府の探索方かもしれんぞ」

仙石がいった。

「ご公儀の……!」

茂左衛門の声が上ずった。顔から血の気が引いている。

「興津屋」

酒杯を口に運びながら、志賀がぎろりと茂左衛門を一瞥《いちべつ》した。

「これでわしらの仕事が終わったなどと思うなよ。むしろこれからが正念場だ」

「そ、それはもう、重々……」

茂左衛門が引きつった笑みを浮かべた。てらてらと禿《は》げ上がった額に脂汗《あぶらあせ》がにじんでいる。

「お三方のお力添えなくして、手前どもの身の安全は図れません。今後とも一つよろしくお願い申し上げます」

「ふふふ、興津屋」

仙石が卑《いや》しい笑みを浮かべていった。

「そこまで申すなら、わしらの手当てももう少し増やしてもらいたいものだな」

「月三両では不足だと……？」

「仲間が四人も死んでるんだぞ」

山室が声を尖《とが》らせると、茂左衛門は困惑のていで視線を泳がせた。

「たった三両で命を落としたのでは間尺に合わん」

「わ、わかりました。では、二両上乗せして、月々五両ということでいかがでございましょうか」

「五両か……」

それでも山室はまだ不満らしい。口を尖らせてなおも何かいいつのろうとするのへ、

「欲をいい出したらきりがないからな。それで手を打とう」

志賀がたしなめるようにいった。

翌日の八ツ（午後二時）ごろ――。

馬喰町の『稲葉屋』に行商人ふうの男がこっそりと姿を現した。

銭緡売りの甚八である。

「よう、甚八さん、きのうは世話になったな」

重蔵が愛想《あいそ》よく迎え入れて、「茶でもいれよう。これを当ててくんな」と板敷きに座布団を差し出したが、甚八は土間に立ったまま深刻な面持ちで、

「えらいことになりやしたよ」

「何かあったのかい？」

「安造が殺されやした」

「何だって！」

「鉄砲洲稲荷の裏手で何者かに斬り殺されたそうです」

「ま、まさか！」

重蔵は絶句した。

「今朝方《けさがた》、本湊町の大工が見つけたそうで」

「何者かに斬られた、といったな？　得物は刀か」

気を取り直して、重蔵が訊いた。

「へえ。喉笛を一文字に斬られておりやしてね。死体はどっぷり血につかっていたそうです。大工が見つけたときには、その血もすでに固まっていたそうですから、ゆんべのうちに殺されたんじゃねえかと」

さすがは早耳の甚八である。まるで殺害現場を見て来たようにすらすらと応《こた》えた。

「殺されたのは、ゆんべか……」

「ところで旦那、あっしが『達磨屋』を出たあと、安造と何かあったんですかい？」

「じつはな」

重蔵は自嘲《じちょう》の笑みを浮かべながら、すんでのところで安造を取り逃がしてしま

ったことを打ち明け、

「せっかく、おめえさんが耳よりの情報《ねた》を持って来てくれたのに、肝心のおれがとんだドジを踏んじまって……面目《めんぼく》ねえ」

と申しわけなさそうに頭を下げると、甚八は気づかわしげに手を振って、

「それより旦那、怪我《けが》のほうは大丈夫なんですかい」

「大した傷じゃねえさ。痛みもすっかりおさまった」

いいながら左腕をさすって見せた。

「それはようござんした。では、あっしはこれで」

と背を返そうとすると、

「甚八さん」

重蔵が呼び止めた。

「へい？」

「これに懲《こ》りずに、また何かわかったら知らせてくんな」

「承知しやした」

一礼すると、甚八は小腰をかがめて店を出ていった。

「やれ、やれ……」

吐息をつきながら、重蔵は店の隅《すみ》の作業台にもどり、付木《つけぎ》に硫黄《いおう》を塗りはじめた。

（また先手を打たれたか）

安造殺しの下手人が阿片密売一味であることは、もはや疑いの余地がなかった。

安造は重蔵の追尾を振り切ったあと、自分の身に危険が迫ったことを一味に知らせにいったに違いない。だが、それが裏目に出て、逆に口を封じられてしまったのだ。

（それにしても……）

重蔵の胸にふたたび悔恨《かいこん》の念がこみ上げてきた。

安造を捕らえたとき、まず最初に懐中を検《あらた》めるべきだった。そこで匕首を発見していれば、安造を取り逃がすこともなかったし、阿片密売一味の正体を吐かせることもできたのである。そう思うといまさらながらにおのれの迂闊《うかつ》さが悔やまれた。

（これでまた振り出しにもどっちまったな）

重蔵の口からまた一つ吐息が洩《も》れた。

なじみの客を深川に送ったあと、丈吉は柳橋の船着場にもどり、帰り支度《じたく》をして浅草に足を向けた。時刻は七ツ半（午後五時）ごろである。

西の空にほんのりにじんでいた残照も、浅草諏訪《すわ》町に着いたころにはもうすっかり消えて、あたりは薄い夕闇につつまれていた。

家並みの軒端《のきば》にちらほらと明かりが灯り、家路につくお店者《たなもの》や職人、商いを終えた行商人や買い物帰りの女たちがあわただしく行き交っている。

唐十郎から西崎伊織の宿泊先を探すよう依頼されてから、すでに六日がたっていた。

その間、丈吉は仕事の合間を見て材木町や花川戸、山之宿町などの旅籠を片っぱしから当たってみたが、これといった手がかりは何も得られなかった。

この日はさらに北へ足を延《の》ばして、今戸《いまど》町を当たってみるつもりだった。

丈吉の知るかぎり、今戸町には旅籠屋や商人宿などが十七、八軒あった。それをすべて当たるとなると丸一日はかかるだろう。

（犬も歩けば棒に当たる、だ。焦《あせ》ることはねえだろう）

そう自分にいい聞かせて、丈吉は町のあちこちに点在する旅籠屋や商人宿を一軒ずつ聞き込みに歩いた。

だが、この日もやはり成果は得られなかった。

（また無駄足か……）

と、なかば諦《あきら》めかけたときである。

七軒目に訪ねた『吾妻屋《あずまや》』という旅籠屋の番頭から思いがけない言葉が返ってきた。

西崎伊織らしい若い侍が泊まっていたというのである。

詳しく話を聞くと、歳は二十四、五。色白で眉目《びもく》のととのった端整《たんせい》な面立ちをしていたという。歳恰好《かっこう》といい、人相といい、西崎伊織とぴったり一致する。

「手前どもの宿にお武家さまがお泊まりになることはめったにございませんので、よく覚えておりますよ」

杢兵衛《もくべえ》と名乗る人の好《よ》さそうな番頭は、そういって帳場から宿帳を持ってきて丈吉に差し出した。そこには、

〈尾州《びしゅう》浪人・磯崎伊十郎《いそざきいじゅうろう》〉

としたためられてある。丈吉はそれを一目見て、

（変名に違いねえ）

と直観した。追われ者の西崎伊織が宿帳に本名を記すわけがないからだ。

「仕官の口を探すために江戸に出てきたとおっしゃっていましたが」

と杢兵衛はいったが、それも素性《すじよう》を隠すための方便《ほうべん》に違いない。

名前の横には宿泊した日付が記されていた。先月（十月）の十六日となっている。つまり、西崎は一か月余も『吾妻屋』に逗留《とうりゆう》していたことになる。

「このお侍、いまもいるのかい？」

「いえ、七日前に出立なされました」

「宿を出た？」

「お国元にお帰りになると申しておりましたが」

「そうかい」

うなずいたものの、丈吉はその言葉を信じていなかった。追手の追及をかわすために宿代えをしたのだろう。

「もう一つ、訊くが」

丈吉が念を押すように訊いた。

「そのお侍、左肩に怪我をしていなかったかい？」

「はい。八日ほど前のことでしたか、酔った浪人者にからまれて左肩を斬られたと。さいわい傷は浅かったようで」

その一言で丈吉は、磯崎と名乗る若い侍が西崎伊織であることを確信した。

「磯崎さまに何かご用事でも？」

「いや、なに……」

丈吉はあいまいな笑みを浮かべて、

「大した用事じゃねえんだ。忙しいところ邪魔《じやま》したな」

と一礼して足早に出ていった。

そのとき、土間の奥の暗がりで客の履物《はきもの》を片付けていた若い女中が、丈吉の背に鋭い視線を送りつけたことに、丈吉はまったく気づいていなかった。

歳のころは二十歳《はたち》前後だろうか。色白のうりざね顔に切れ長な目、花びらのように可憐《かれん》な唇《くちびる》。旅籠の女中にしておくのはもったいないような美人である。

「お佐代《さよ》」

帳場にもどりかけた杢兵衛が、土間の奥の女中に声をかけた。

「はい」

「片付けが終わったら、もう帰っていいよ」

「ありがとうございます。では、お先に」

お佐代と呼ばれた若い女中は、丁重に頭を下げて出ていった。

四

お佐代が住む長屋は、浅草今戸町からほど近い聖天町《しょうでん》にあった。

山谷堀に架かる今戸橋を渡り、南に一丁ほどいくと、右に折れる路地がある。その路地の右側が瓦町、左側が聖天町である。

お佐代の住まいは、六軒つづきの棟割り長屋の一番奥にあった。長屋の家々の窓には明かりが灯っていて、中から夕食どきの賑やかな声が洩れてくる。

お佐代は入口の戸障子を開けて中に入ると、

「ただいま帰りました」

と声をかけて上がり框《かまち》に上がり、静かに障子を引き開けた。

「おう、早かったな」

行燈の明かりの下で書見をしていた若い武士が振り返った。

西崎伊織である。

「今日はお客さんが少なかったので」

いいながら、お佐代はいそいそと台所に向かった。

「すぐに夕飯の支度をします」

「いや、夕食はいらぬ」

「え」

と、お佐代はけげんそうに振り向いた。

「六ツ半（午後七時）に田原《たわら》町で知人と会うことになっているのだ。夕食は外ですませてくる」

「そうですか」

お佐代は落胆するようにうなだれたが、すぐに思い直して、

「では、お茶でもいれましょう」

と火鉢にかかった鉄瓶《てつびん》の湯を急須《きゅうす》にそそぎ、湯飲みに茶をいれて差し出した。

「すまんな」

茶をすすりながら、伊織がゆっくり向き直った。

「おまえにはすっかり世話になってしまって。あらためて礼をいう」

「お礼なんて……、それより伊織さま、つい先ほど丈吉という人が宿に訪ねてきて、根掘り葉掘り伊織さまのことを……」

「丈吉？」

「ご存じなんですか」

「いや」

伊織は険しい表情でかぶりを振った。

「ひょっとすると、権藤に雇《やと》われた密偵《みってい》かもしれんな」

「………」

お佐代は怯えるように目を伏せた。長い睫毛《まつげ》がかすかに震《ふる》えている。

「どうした？」

「わたし、怖いんです」

「怖い？」

「伊織さまの身にまた何か起きるんじゃないかと……」

「案ずるな」

伊織がやさしく微笑みかけた。

「おれには大事な役目がある。それを果たすまでは、むざむざ死ぬわけにはいかぬ」

「伊織さま……」

お佐代がふっと顔を上げた。その目が涙でうるんでいる。

「お佐代」

伊織の手がお佐代の肩にかかった。お佐代は崩れるように伊織の胸に顔をうずめた。

「無事に役目を果たし終えたら、おまえを国元に連れて帰るつもりだ」

「わたしを……、お国元に……」

「おれの妻になってくれ」

「…………」

お佐代は絶句し、信じられぬような表情で首を振った。

「嘘ではない。おれは本気だ。本気でおまえに惚《ほ》れた」

いいながら、伊織はやさしくお佐代の体を抱きかかえ、そっと唇を重ねた。お佐代の口からかすかな嗚咽《おえつ》が洩れ、白い頰《ほお》が涙で濡れた。

「他国者《よそもの》のおれにとって、江戸で唯一心を許せるのは、おまえだけだ。……おまえを放したくない」

伊織の息づかいが荒い。右手がお佐代の胸元にすべり込んだ。お佐代の口から洩れていた嗚咽の声が、いつしかやるせなげなあえぎ声に変わっていた。

お佐代が伊織と出会ったのは、一か月ほど前のことである。

浅草広小路で買い物をしての帰り、お佐代は浅草寺裏手の馬道《うまみち》でふいに、通りすがりの男に声をかけられた。振り向くと、菅笠《すげがさ》をかぶった旅装の武士が立っていた。その武士が西崎伊織だった。

「少々ものを尋ねるが」

「何か？」

「このあたりに安く泊まれる宿はないか」

「安く、とおっしゃいますと？」

「長逗留をしたいのだ。百文か百五十文ほどで泊まれる宿があれば……」

「それでしたら、わたしどもの宿はいかがでしょうか」

「おまえ、宿で働いているのか」

「はい。今戸町の『吾妻屋』という旅籠で女中をしています」

「宿代はいくらだ？」

「朝食と夕食が付いて百二十文です」

「よし、案内してもらおう」

『吾妻屋』に旅装を解いた伊織は、宿帳に「尾州浪人・磯崎伊十郎」の変名を記し、

「仕官の口を探すために江戸に出てきた。しばらく厄介《やっかい》になる」

といって、半月分の宿代を前払いした。

『吾妻屋』は一、二階合わせて八部屋ほどの、浅草界隈では中規模の旅籠屋だが、奥州街道（一名・千住《せんじゅ》街道）から外れているせいか、客の入りはかんばしくなく、すべての部屋が客で埋まることはめったになかった。それだけに長逗留の客は大歓迎なのである。

「いい客を連れてきてくれた。ありがとうよ」

番頭の杢兵衛は上機嫌でお佐代に礼をいい、

「これも何かの縁だからね。あのお侍さんのお世話はおまえがしておくれ」

と申しつけた。

『吾妻屋』には、お佐代のほかに古株の女中が二人おり、それぞれに仕事の分担が決まっていた。勤めはじめてまだ日の浅いお佐代は、洗濯や掃除《そうじ》、勝手仕事などをする「水仕女《みずしめ》」と呼ばれる下働きで、客の部屋に膳部を運んだり、布団《ふとん》の上げ下ろしをする出居《でい》仕事はもっぱらほかの二人が担当していた。

「わたしが磯崎さまのお世話を……？」

お佐代はけげんそうに訊き返した。水仕女に出居仕事をさせるのは異例のことなのだ。

「ああ、そろそろおまえも出居仕事を覚えたほうがいいだろう。ほかの二人にはわたしのほうからいいふくめておくから、粗相《そそう》のないようにつとめておくれ」

杢兵衛の特段の計《はか》らいで、その日からお佐代は水仕事のかたわら、磯崎伊十郎（西崎伊織）の身のまわりの世話をすることになったのである。

伊織が『吾妻屋』に投宿してから十日ほどたったある晩、お佐代が伊織の部屋に夜具を敷きのべて退出しようとすると、

「お佐代」

伊織に呼び止められた。

「はい。何かご用でも？」

「酒を二本ばかりつけてもらえぬか。熱燗《あつかん》でな」

「かしこまりました。すぐご用意いたします」

一礼して部屋を出ていくと、お佐代は一階の板場に向かい、燗酒二本と漬物の小鉢を持って、伊織の部屋に運んだ。

「お待たせいたしました」

「おう、すまんな」

火鉢《ひばち》で暖を取っていた伊織が、屈託《くったく》のない笑顔を向けた。

「もう、仕事は済んだのか」

「はい」

「では、酌をしてもらおうか」

「は、はい」

どぎまぎしながら、お佐代は慣れぬ手つきで猪口に酒を注いだ。それを口に運びながら伊織はお佐代の顔をじっと見つめた。一点の曇《くも》りもない涼《すず》しげな眼差《まなざ》しである。

お佐代はまぶしげに視線をそらした。

「おまえも一杯やらぬか」

「い、いえ、わたしは不調法《ぶちょうほう》で……」

「ならば無理にはすすめまい」

そういって、伊織が手酌でやろうとすると、お佐代はあわてて手を伸ばし、

「どうぞ」と猪口に酒を注いだ。緊張のせいか、徳利を持った手が震えている。

「おまえ、歳はいくつだ?」

伊織が訊いた。

「十九でございます」

「若いのに苦労が多いようだな」

伊織は同情するような目でお佐代の手を見た。白い華奢《きやしや》な手だが、水仕事のために肌は荒れ、痛々しいほど赤ぎれができている。

伊織の視線を感じて、お佐代は恥ずかしそうにその手を引っ込めた。

「郷里《くに》はどこだ?」

「相州《そうしゆう》の保土ケ谷《ほどや》でございます」

「奉公は長いのか」

「一年になります」

「というと、十八のときに……?」

「はい」

「両親《ふたおや》は健在なのか」

「いえ」

お佐代は悲しげに首を振った。

「父は一年半ほど前に亡くなりました」

お佐代の実家は、相州保土ケ谷宿のはずれで小さな反物《たんもの》屋をいとなんでいた。家族は父親と母親、そして十三歳の妹と十歳の弟の五人。つましいながらも、平穏で仕合わせな日々を送っていた。

ところが去年の春、一家の大黒柱である父親が、突然心ノ臓の発作を起こし、急死してしまったのである。四十一歳という若さだった。

悲しみに暮れる暇《ひま》もなく、母親は三人の子供を養うために、女手ひとつで必死に家業を切り盛りしていた。

だが、慣れぬ商いの気苦労と仕事の無理がたたったのだろう。数か月後にはその母親も病の床《とこ》に臥《ふ》し、たちまち家業が立ちゆかなくなってしまったのである。

「それで、わたしが……」

「江戸に働きに出たというわけか」

お佐代はハッと我に返り、恥ずかしそうに頰を染めた。

「あ、申しわけございません。ついこんなつまらない話をしてしまって」

「お佐代」

飲み干した猪口を盆にもどして、伊織がお佐代の顔を直視した。

「人間万事塞翁《ばんじさいおう》が馬、という言葉がある。どんなにつらいことがあっても、いずれかならずよいことがあるという意味だ。くじけずに頑張ることだな」

「………」

お佐代の胸に熱いものがこみ上げてきた。他人からこんなやさしい言葉をかけられたのははじめてのことだった。

その夜以来、二人は客と女中の立場を越えて、心やすく言葉を交わすようになった。

それから半月ほどたったある夜。

いつも六ツ（午後六時）ごろにはかならず宿にもどって来る伊織が、その晩にかぎって五ツ（午後八時）を過ぎてももどってこなかった。

（磯崎さまの身に何か……？）

お佐代は胸騒ぎを覚えたが、それを打ち消すように首を振り、炭入れを引き寄せて火鉢に炭を足した。

部屋の中がしんしんと冷えている。ほかの部屋の客たちは、もう床についたのだろう。人声や物音ひとつなく、宿の中はひっそりと静まり返っている。

時の経過とともに不安がつのってくる。

お佐代は居たたまれぬように立ち上がり、部屋の隅に夜具を敷きはじめた。

と、そのとき、からりと襖《ふすま》が開いて、転がるように伊織が部屋に飛び込んできた。

「磯崎さま！」

その姿を見て、お佐代は仰天した。

髷《まげ》が乱れ、幽鬼《ゆうき》のように悽愴《せいそう》な顔である。左肩にはべっとりと血がにじんでいる。

「そ、その怪我は……！」

「案ずるな。大した怪我ではない」

うめくようにいって、伊織は畳の上に腰を落とした。

「早く手当てをしなきゃ。塗り薬を持ってきます」

部屋を飛び出し、血止めの塗り薬と白木綿《しろもめん》の晒《さらし》を持ってもどってきた。

「着物を脱《ぬ》いでください」

いわれるまま、伊織は素早く左袖を抜いて、片肌脱ぎになった。肩口に長さ六、七寸（約二十センチ）ほどの切り傷があったが、思いのほか傷は浅かった。

手拭《てぬぐ》いで血を拭《ふ》き取り、血止めの塗り薬を塗って、晒を巻き付ける。

「お佐代」

ふいに伊織がお佐代の手を取った。氷のように冷たい手だった。

お佐代は身を硬くして見返した。数瞬の沈黙があった。

伊織は何かを訴えるような目でお佐代を見つめている。いつになく真剣で熱い眼差しである。お佐代はたじろぐように目をそらした。

「おまえにだけは、本当のことをいっておこう」

「本当のこと……？」

「おれの本名は、西崎伊織だ」

荒い息づかいでそういうと、伊織はためらいもなく自分の身分を明かし、父・西崎伊右衛門の密命を受けて江戸に出てきたことや、自分を襲った一味が江戸留守居役・倉橋監物の配下の目付《めつけ》たちであることなどを淡々と語りはじめた。

お佐代は虚《きょ》を突かれたような表情で黙って聞いている。

一通り話し終えたところで、伊織は着物の左袖に腕を通しながら、

「このことは、おまえだけしか知らぬこと。よいな、断じて他言はならんぞ」

と釘《くぎ》を刺した。

「でも、なぜ、わたしにそのような大事なことを？」

「おまえなら……、心が許せると思ったからだ」

信じられぬ言葉だった。

お佐代の身のうちに熱い血が駆けめぐった。早鐘のように胸が高鳴っている。

伊織の手がそっとお佐代の頰に当てられた。氷のように冷たかったその手が熱く燃えている。

「磯崎さま！　……いえ、伊織さま！」

はじけるように伊織の胸に飛び込んだ。

「すぐにここを出てください」

「え？」

「この宿にいたら、いずれ……、いずれきっと見つかります。明日にでもここを出てください」

「ここを出てどこへ行けというのだ」

「わたしの長屋へ」

「しかし」

「むさ苦しいところですが、伊織さまさえよかったら……」

「…………」

一瞬、伊織は逡巡《しゅんじゅん》したが、意を決するようにうなずいた。

「わかった。おまえの厚意に甘えよう」

翌日、伊織は『吾妻屋』を出て、聖天町のお佐代の長屋に居を移した。

丈吉が『吾妻屋』を訪ねてきたのは、その七日後だったのである。

「まさか、これほど早く一味の手が廻るとは……」

伊織が険しい表情でつぶやいた。

その腕の中で、お佐代は陶然《とうぜん》と愛撫《あいぶ》の余韻《よいん》にひたっている。上気した顔がほんのりと桜色に染まり、押し広げられた襟元からは白い胸乳《むなぢ》がこぼれている。

「おまえの危惧《きぐ》が的中したな」

伊織は丈吉が倉橋一味の密偵だと信じ込んでいる。

「まさに間一髪《かんいっぱつ》だった」

お佐代の体を離して、伊織は身づくろいをはじめた。

「でも……」

お佐代が乱れた襟元を直しながら、微笑《わら》っていった。

「もう心配はありません。伊織さまはお国元に帰ったことになっていますから」

「いや、まだ油断はならぬ」

硬い表情で、伊織は立ち上がった。

「目付頭の権藤は抜け目のない男だ。おれが本当に国元に帰ったかどうか、即刻調べさせるに違いない」

諸藩の江戸屋敷には、国元と連絡を取るための大名飛脚《びきやく》という通信機関があった。一名「早道《はやみち》」ともいい、足の速い小者や足軽がこの任に当たっていた。

この大名飛脚を使って国元の目付に調べさせれば、伊織が帰国したかどうかは、すぐにわかることなのである。

その結果、伊織が江戸にいることが明らかになれば、倉橋一派の探索の手はさらに強化されるだろう。

お佐代の顔から笑みが消え、見開いた目に不安の色が広がっている。

「いずれにせよ、用心に越したことはあるまい」

そういうと、伊織は腰に刀を差して、

「では、行ってくる」

と背を返した。お佐代もすかさず立ち上がり、戸口に駆け寄った。

「伊織さま」

「………」

伊織がゆっくり振り向いた。

「くれぐれもお気をつけて」

「うむ。帰りは少し遅くなるかもしれん。おまえは先に寝《やす》んでいなさい」

いいおいて足早に出てゆく伊織を、お佐代は不安げな眼差しで見送った。

五

四半刻後――。

浅草田原町の小料理屋『笹屋《ささ》』の小座敷で、西崎伊織はある人物と酒を酌み交わしていた。歳は伊織より二、三歳上だろうか。きりっとした面立ちの痩身《そうしん》の武士――大垣藩江戸定府《じょうふ》、勘定 改 方《かんじょうあらためがた》の須山栄三郎《すやまえいざぶろう》である。

「その後、何かわかりましたか？」

酌をしながら、伊織が訊いた。

「いや」

と眉宇《びう》を寄せて、須山は首を振った。

「倉橋監物は用心深い男だ。そう簡単に尻尾《しっぽ》は出さん。それに……」

　ぐびりと猪口の酒を喉に流し込んで、

「国元から連れてきた目付どもが、四六時中倉橋の身辺を固めているので、近寄ることもできんのだ」

「そうですか」

　落胆するように、伊織は肩を落とした。

「伊織」

　ことりと猪口を膳に置いて、須山が伊織の顔を正視した。

「おぬしの父上が疑念をいだかれるのは当然のことだ。倉橋には金にまつわる黒い噂が絶えなかったからな。今回の出世の裏にも、きっと何かからくりがあるに違いない」

　須山栄三郎は、かつて伊織の父・西崎伊右衛門の下《もと》で働いていたことがあり、伊織とも親交があった。伊右衛門の配下では群を抜いて有能な役人だったが、三年前にその手腕を買われて江戸詰めとなったのである。

「倉橋の江戸藩邸での評判はどうなんですか？」

　伊織が訊いた。

「一部にはこころよく思っていない者もいる。だが、それはごく少数だ。家中の大半は倉橋に懐柔《かいじゆう》されている」

「長いものには巻かれろ、ということですか」

「うむ」

須山は不快そうにうなずいた。

「江戸家老の大庭《おおば》さまさえ倉橋監物にはものいえぬ有り様だからな。上から下まで事なかれの風潮が蔓延《まんえん》しているのだ」

「となると、早晩、江戸藩邸は倉橋一派の手に……」

「おれが恐れているのは、それだ」

須山が語気を強めた。

「倉橋のような奸物《かんぶつ》に藩政を壟断《ろうだん》されたら、戸田十万石は存亡の危機に立たされる。そうなる前に、何としても倉橋の出世のからくりをあばき、失脚に追い込まなければ……」

「わたしも命懸けで頑張ります。今後ともぜひご助力のほどを」

伊織が居住《いず》まいを正して頭を下げた。

「ところで伊織、肩の傷は治ったのか」

「おかげさまで、だいぶ……」

「それはよかった。権藤の配下の目付たちが血眼《ちまなこ》でおぬしの行方を追っている。くれぐれも用心することだな」

「はい」

「そういえば……」

ふと目を細めて、須山が思い出したように、

「権藤たちが追っているのは、おぬしだけではなさそうだぞ」

「わたし以外にも？」

「田坂さんが江戸にいるらしい」

須山が声をひそめていった。

「えっ」

伊織の口から驚きの声が洩れた。

「四年前に倉橋の息子を斬って逐電《ちくでん》した、あの田坂さんですか！」

「あくまでも噂にすぎんが、もしそれが事実なら、おれたちにとっても好都合だ」

須山は口の端に薄笑いを浮かべた。

「おぬしも知ってのとおり、田坂さんは藩内随一の遣《つか》い手だった。権藤たちが束《たば》になってかかっていっても敵《かな》う相手ではない。返り討ちにあうのが関の山だ」

「好都合？」

「なるほど、そういうことですか」

須山のいう「好都合」の意味がそれでわかった。

田坂清十郎（千坂唐十郎）が目付頭の権藤弥九郎と配下の目付を始末してくれれば、労せずして邪魔者は排除され、伊織たちも動きやすくなるのである。

「田坂さんの健闘を祈るばかりだな」

そういって、須山はまた薄笑いを浮かべた。

第五章　廻米横領《かいまい》

一

大垣藩の江戸藩邸（上屋敷）は、呉服橋御門内にある。

敷地は約七千坪。その広大な邸内には、藩主やその妻子が居住する御殿を中心に、家老屋敷や藩士たちの侍長屋、諸役所、土蔵、厩《うまや》、足軽長屋、中間部屋《ちゆうげん》などがあり、およそ六百人がここで暮らしていた。

この夜、藩邸内の屋敷の一室で、四人の武士が酒を酌《く》み交《か》わしていた。江戸留守居役《るすいやく》・倉橋監物と目付頭《めつけがしら》の権藤弥九郎、そして権藤の配下の小関甚内、神崎玄蔵である。

「――田坂は、まだ見つからんのか」

酒杯をかたむけながら、監物が不機嫌そうにつぶやいた。歳は五十二だが、髪や眉《まゆ》は黒く、眼光は炯々《けいけい》と鋭《するど》い。見るからに権謀《けんぼう》家といった風貌《ふうぼう》である。

「申しわけございませぬ」

権藤が気まずそうに顔を伏せて、

「目下手をつくして捜しておりますので、いましばらくのご猶予《ゆうよ》を」

「やつを討ち損じてから、もう七日あまりがたつ」

監物は苛立《いらだ》つように膝《ひざ》を揺すっている。

「すでに江戸を出てしまったかもしれんぞ」

「いいえ、それは……」

いいよどみながら、権藤が語をついだ。

「手前どもの調べによりますと、田坂は千坂唐十郎の変名を使って神田多町の貸家を借り受け、一年ちかくもその家に住んでいたそうで」

「ほう、変名を使っていたか」

「事情《わけ》ありの浪人者にとって、江戸は住みやすい町だと聞きおよびます。おそらく田坂も江戸で職を得て、安穏《あんのん》ぬくぬくと暮らしていたのではないかと」

「つまり」

飲み干した酒杯に酒を注ぎながら、監物が、

「一度安穏な暮らしを手に入れた田坂が、それを打ち捨てて、ふたたび野良犬同

然の流浪の徒に身を落とすわけはない、と申すのか」

「そう信じて、手前どもは探索をつづけております」

「わかった」

鷹揚《おうよう》にうなずいて、監物はゆったりと脇息《きょうそく》にもたれた。

「田坂の件はおぬしの裁量に任せよう。ところで、権藤」

「はっ」

「伊織のほうはどうなった？」

「それが、その……、決して手をこまねいているわけでは……」

「難渋《なんじゅう》しているか」

「何分にも探索の手が足りませんので」

「うーむ」

監物は腕組みをして考え込んでしまった。

現在、権藤の手足となって動いているのは、国元から連れてきた小関、神崎ら五人の目付だけである。この五人で江戸に伏在している二人の男の行方を捜すのは、至難のわざといっていい。

さりとて、事が事だけに江戸定府《じょうふ》の藩士を駆り出すわけにはいかなかった。

しばらく思案した末に、監物がおもむろに顔を上げた。

「この際、興津屋に助勢を頼むか」

「興津屋に？」

「田坂のことはともかく、伊織の一件は興津屋にとっても無縁とはいえぬからな。わしが直々に頼んでみる。早速段取りをつけてもらえぬか」

「承知つかまつりました」

うやうやしく頭を下げると、権藤は小関と神崎を目顔でうながし、

「では、手前どもはこれにて」

と一礼して退出した。

監物の屋敷を出た三人は、屋敷裏手の低い生け垣で仕切られた小径《こみち》を通って、侍長屋に向かった。邸内の家屋のほとんどは明かりを消して、ひっそりと寝静まっている。

小径を抜けて、裏門ちかくの土蔵の前にさしかかったとき、先を歩いていた小関がはたと足を止めて前方の闇《やみ》に鋭い目をやった。

「どうした？」

権藤がけげんそうに声をかけた。

「あの男……」

小関の視線の先に、裏門の小扉を開けて、こっそりと入ってくる男の姿があった。

浅草田原町の小料理屋で、伊織と密会していた須山栄三郎である。

「勘定方《かんじょうがた》の須山ではないか」

神崎が小声でいった。須山は足早に侍長屋のほうに去っていった。

「こんな時分までどこへ？」

「微行《しのび》の夜遊びか。江戸詰めは後生楽《ごしょうらく》なものよのう」

小関が皮肉な笑みをうかべた。

「そういえば……」

ふいに権藤の双眸《そうぼう》がぎらりと光った。

「あの男、三年前まで西崎伊右衛門の下で働いていたことが」

「え」

小関と神崎は、思わず顔を見交わした。

公事宿《くじやど》『大黒屋』のあるじ・宗兵衛が向島の寮《りょう》を訪ねてきたのは、師走《しわす》に入って二日目の夕刻だった。夕飯の支度《したく》に取りかかろうとしていた唐十郎は、その手を止めて宗兵衛を居間に通し、火鉢《ひばち》の鉄瓶《てつびん》の湯を急須《きゅうす》に注いで茶をいれた。

「またひとり、一味の者が殺されたそうでございますね」

分厚い綿入れ《わたい》を着込んだ宗兵衛は、寒そうに火鉢に手をかざしながら、つぶやくようにいった。風邪を引いたのか、声がかすれている。

「〝くちなわの安〟のことか」

「はい」

「重蔵から話は聞いた。口を封じられたようだな」

「重蔵さんも悔《くや》しがっておりましたよ。せっかく一味の尻尾《しっぽ》をつかみかけたのに、これでまた振り出しにもどってしまったと」

そういって、宗兵衛はずずっと洟《はな》をすすり上げた。

「風邪でも引いたのか」

「ええ、このところ冷え込みが厳しかったもので、鼻風邪を……」

「それはいかんな。寒さはこれからが本番だ。早く治したほうがいいぞ」

「ありがとう存じます」

「で、おれに用件というのは？」

「はい。千坂さまには寮の仮住まい暮らしで何かとご不自由をおかけいたしましたが、ようやく新しい家が見つかりましたよ」

「新しい家？」

「湯島一丁目に手ごろな貸家がございまして。……よろしかったら、手前がご案内いたしますが」

「そうか。では、案内してもらおうか」

唐十郎は差料を取って立ち上がり、網代笠《あじろがさ》をかぶって向島の寮を出た。

二人が湯島に着いたころには、日もとっぷり暮れて四辺は夕闇に塗り込められていた。

宗兵衛は寮を出るときに持ってきた提灯《ちょうちん》に灯《ひ》を入れると、「もうじきですので」といって歩を速めた。

右手に神田明神《みょうじん》の社《やしろ》の大屋根をのぞみながら、湯島通りを西へ二丁ほど行ったところに左へ折れる小路があった。その小路の奥まったところに、周囲を枯れ木立《こだち》に囲まれた瀟洒《しょうしゃ》な平屋建ての一軒家が建っていた。

「この家でございます」

家の前で宗兵衛が足を止めた。

「まだ新しいな」

「はい。神田明神下の『京華堂《きようかどう》』という薬種問屋の若旦那《わかだんな》が、三月《みつき》ほど前に年老いた父親のために建てた隠居屋敷だそうです。ところが家が建ち上がって半月もたたぬうちに、その父親が亡くなりましてね。それ以来ずっと空《あ》き家になっていたそうで」

「なるほど」

唐十郎はあらためて家をながめた。一見したところ小体《こてい》な家だが、瓦葺《かわらぶ》き屋根のどっしりした構えで、造りもしっかりしている。

家の周囲には網代垣がめぐらされ、枝折戸《しおりど》の向こうには手入れの行き届いた小さな庭もあった。神田多町の貸家に比べると、贅沢《ぜいたく》すぎるほどの家である。

「どうぞ、お入りくださいまし」

宗兵衛が入口の戸を開けて中に入り、手燭《てしよく》に提灯の灯を移して屋内に案内した。

正面の障子《しようじ》を引き開けると、そこは十畳ほどの板敷きになっており、中央に囲炉裏《いろり》が切ってあった。さらにその奥には八畳の居間と六畳の寝間があり、廊下をへだてた北側には台所や風呂場、厠《かわや》がある。

「お気に召しましたか」

「おれにはもったいないような家だ」

「『京華堂』さんとは古くからの付き合いですので、安く借りることができました。家賃は神田多町の貸家とさほど変わりません」

「それはありがたい」

「『京華堂』さんには、手前どもの公事の手伝いをしていただいている美濃のご浪人さんがお住まいになる、とだけ申し上げておきました」

「そうか」

「当面必要なものは番頭の与平にととのえさせておきましたが、ほかに何かご入り用のものがあれば、遠慮なくお申しつけくださいまし」

「何から何までかたじけない」

「どういたしまして。では、手前はこれで」

一礼して宗兵衛は部屋を出ていった。

唐十郎は板間に立ったまま、もう一度屋内を見渡した。八畳の居間には火鉢や行燈《あんどん》、茶簞笥《ちゃだんす》、文机《ふづくえ》などの家具調度がそろっており、奥の寝間には布団《ふとん》が積み重ねてあった。

「今日からここがおれの住まいか」

満足げにつぶやくと、唐十郎はふたたび網代笠をかぶって家を出た。

久しぶりに外で酒でも飲もうと思ったのである。

湯島通りから神田明神下を通って湯島天神《てんじん》裏門坂通りを抜け、池之端仲町《いけのはたなかちょう》に出た。

上野不忍池《しのばずのいけ》の南端に位置する池之端仲町は、下谷《したや》屈指の花柳《かりゅう》の地で、料亭や茶屋、小料理屋、居酒屋などが、池畔のせまい通りにひしめくように軒《のき》を連《つら》ねている。

唐十郎は町の北はずれにある煮売《にう》り屋に足を踏み入れた。

中年の夫婦がいとなむ四、五坪ほどの小さな店である。亭主が板場を賄《まかな》い、色白で小肥《こぶと》りの女房が忙しそうに客の注文をさばいている。

その女房に鯉《こい》の旨煮《うまに》と味噌田楽《みそでんがく》、燗酒《かんざけ》二本を頼んで、唐十郎は席に着いた。

唐十郎のほかに客は三人。身なりのきちんとしたお店者《たなもの》ふうの男と商家の旦那らしき初老の男、四十がらみの職人体《てい》の男が肴《さかな》をつまみながら黙々と猪口《ちょこ》をかたむけている。

池之端仲町には、飲食を商《あきな》う店のほかに老舗《しにせ》の小間物問屋や紙屋、筆墨《ひっぼく》屋など、伝統的な名店も多く、盛り場の客筋の大半はそうした店の旦那衆や奉公人たちなのだ。

酒と料理で腹を満たした唐十郎は、半刻（一時間）ほどでその店を出た。

凍《い》てつくような寒夜にもかかわらず、盛り場の通りは酔客で賑《にぎ》わっている。

五、六間歩いたところで、唐十郎はふと足を止めて、前方に鋭い目をやった。

軒端に派手な雪洞《ぼんぼり》を吊るした料理茶屋から、四十がらみのやくざふうの男が若い酌女に見送られて、ふらりと出てきたのである。

「……！」

網代笠の下の唐十郎の目がきらりと光った。男の顔に見覚えがあった。

謎《なぞ》の刺客《しかく》団の急襲を受ける半刻ほど前に「届け物を持ってきた」といって、突然神田多町の家を訪ねてきた商人ふうの男——地廻《じまわ》りの富五郎だった。

（そうか。あの男が事前に下見を……）

唐十郎の姿に気づかず、富五郎は両手をふところに突っ込んだまま、北に向かってよろよろと歩いてゆく。そのあとを唐十郎は見え隠れにつけていった。

池之端仲町の通りを抜けると、とたんに明かりも人影も途切れて、四辺はうら寂しい闇に領される。

　横に寝かせて　枕をさせて
　指でたのしむ　琴《こと》の糸

下手な都々逸《どどいつ》を口ずさみながら、富五郎は千鳥足で歩いてゆく。

あたりに人影がないのを見定めると、唐十郎は歩度《ほど》を速めて富五郎の背後に追いすがった。足音に気づいて富五郎がけげんそうに振り向き、

「あっしに何か？」

しゃくり上げるような目で唐十郎を見た。かなり飲んでいるのだろう。目のふちや鼻の頭が赤く染まっている。

「この顔に見覚えはないか」

唐十郎が網代笠を押し上げると、あっと目を剝《む》いて富五郎は跳びすさった。

「おめえさんは！」

「貴様に訊《き》きたいことがある」

いうなり抜刀し、刃先を富五郎の首筋にぴたりと当てた。

「ひいッ」

声にならぬ叫びを上げて、富五郎は全身を硬直させた。

「あの晩、貴様はおれの家に探りを入れにきた。そうだな？」

「へ、へい」

一気に酔いが醒《さ》めたのだろう。声が震《ふる》え、顔は屍蠟《しろう》のように青ざめている。

「誰に頼まれた？」

「そ、それは」

「正直にいわぬと……」

カシャッと刀刃《とうじん》を返した。

「ま、待っておくんなさい！」

顔を引きつらせて、富五郎は後ずさりした。背後に不忍池が迫っている。

「いうか？」

「は、はい。お、大垣藩のお目付、小関さまと神崎さまで」

「小関と神崎？」

心当たりがあった。唐十郎が在藩していたころ、小関と神崎は大垣城の巽櫓《たつみやぐら》門《もん》の番士をつとめていた。城内で何度か顔を合わせたこともあり、顔も覚えている。

る。

（あの二人が目付に出世していたとは……）

禄高五十石の番士から二百石取りの目付への出世は、きわめて異例のことである。

おそらくこの人事も倉橋監物の独断によるものだろう。

「ご浪人さん」

富五郎が哀願するように両手を合わせた。

「あっしは金で雇《やと》われただけなんだ。た、頼むから、見逃しておくんなさい」

「そうはいかぬ」

「えっ」

「貴様はおれの素性《すじょう》を知った。気の毒だが死んでもらおう」

「そ、そんな……」

富五郎の顔が恐怖にゆがんだ。次の瞬間、唐十郎の愛刀・左文字国弘が刃唸《はうな》りを上げて一閃した。同時に富五郎の胸から真っ赤な血潮《ちしお》が飛び散った。

「うわッ」

断末魔の叫びを発して、富五郎はのけぞった。

どぼんと水音が立ち、不忍池の暗《くら》い水面《みなも》に波紋が広がった。ややあって、その波紋の中にうつ伏せになった富五郎の死体がぽっかり浮かび上がった。

それを見届けると、唐十郎は刀の血振りをして鞘《さや》に収め、足早にその場を立ち去った。

二

凪《な》いだ海に、真っ赤な夕日がきらきらと輝いている。

時刻は暮れ七ツ半（午後五時）を少し廻ったばかりだが、鉄砲洲の船着場は昼間の活気と喧騒《けんそう》が嘘《うそ》のように静寂につつまれていた。

荷揚げ人足たちは、もう仕事を終えて引き揚げたのだろう。三、四人の水夫《かこ》があわただしく桟橋《さんばし》に艀《はしけ》をもやっている。

「おい、そっちはどうだい？」

「終わったぜ」

「じゃ、ぼちぼち引き揚げるか」

声を掛け合いながら、水夫たちは疲れた足取りで去っていった。その姿が路地に消えるのを見計らったように、船着場の前に忽然《こつぜん》と二つの影が浮かびたった。

いずれも塗笠を目深《まぶか》にかぶった武士である。

あたりに鋭い視線を配ると、二人の武士は廻船問屋『興津屋』の前で足を止め、素早くくぐり戸を押し開けて中に入っていった。

「わざわざお運びいただきまして、恐縮に存じます」

二人を丁重に迎え入れたのは、あるじの茂左衛門だった。

座敷には豪勢な酒肴《しゆこう》の膳部がととのえられている。

二人の武士は膳部の前に腰を下ろすと、おもむろに塗笠をはずした。

大垣藩江戸留守居役の倉橋監物と目付頭の権藤弥九郎である。

「ささ、まずは一献《いっこん》」

と茂左衛門が酌《しやく》をする。

「興津屋」

酒杯をかたむけながら、監物が探るような目で茂左衛門を見た。

「身辺の掃除《そうじ》は終わったのか」

「はい。ご心配をおかけしましたが、あらかた片付きました」

「そうか。そのほうの身にもしものことがあれば、わしも一蓮托生《いちれんたくしょう》だからな」

「ご安心くださいまし。万に一つも倉橋さまにご迷惑をおかけするようなことはございません」

卑屈《ひくつ》に笑って、茂左衛門はまた二人の酒杯に酒を注いだ。

「いや、いや。まだ油断はならんぞ」

監物が険《けわ》しい表情でかぶりを振った。

「その〝万に一つ〟が起こりそうな気配なのだ」

茂左衛門の顔から笑みが消えた。

「と申しますと、何か面倒なことでも？」

「勘定吟味役《ぎんみやく》・西崎伊右衛門のせがれが江戸に出てきておる」

「西崎さまの息子が？」

「そのほうも知っておろう」

「はい。お国元で一、二度お見かけしたことがございます」

「名は伊織。父親の密命を受けて例の件を探っているらしい」

「そ、それはまことでございますか」

「間違いない」

権藤がきっぱりといった。

「先夜、藩邸の周辺をうろついているところを見つけ、昌平橋のあたりまで追い詰めたのだが、すんでのところで取り逃がしてしまった。その後の行方は杳《よう》として知れぬ」

「そこで相談だが……」

酒杯を膳にもどして、監物が身を乗り出した。

「わしらだけでは手が足りぬ。興津屋からも探索の手勢を出してもらえぬか」

「それはかまいませんが」

「蛇《じゃ》の道はへびと申すからな。そのほうの息のかかった者なら、他国者の一人や二人、捜し出すのは造作《ぞうさ》もあるまい」

「承知いたしました。さっそく手配りいたしましょう」

倉橋監物と権藤弥九郎が『興津屋』をあとにしたのは、それから半刻後の六ツ半(午後七時)ごろだった。

外はすっかり宵闇《よいやみ》につつまれていた。

満天の星明かりが冷え冷えと路面を照らし出している。

塗笠をかぶった二人は、人目をはばかるように足早に闇の深みに消えていった。

そのとき……。

船着場に山積みにされた船荷の陰から、じっと二人の様子を見ていた人影があった。

黒の半纏《はんてん》に黒の腹がけ、黒の股引《ももひ》きという、全身黒ずくめの男——重蔵だった。

この日の午後、重蔵は銭緡《ぜにさし》売りの甚八から〝くちなわの安〟に関する新たな情報を得たのである。それによると『興津屋』の水夫頭を辞めたはずの〝くちなわの安〟が、なぜかその後も『興津屋』にちょいちょい出入りしていたという。本湊町の荷揚げ人足から聞いた話だから間違いないと、甚八は自信たっぷりにいい切った。

「つまり、安造と『興津屋』の関わりは切れてなかったってわけかい」

「そういうことになりやす」

「そういえば、野郎が殺されたのも、本湊町の『興津屋』からほど近い鉄砲洲稲《いな》荷《り》の裏手だったな」

「へえ」

（ひょっとしたら、安造殺しに『興津屋』が一枚噛《か》んでるかもしれねえ）

重蔵は直観的にそう思い、陽《ひ》が落ちるのを待って『興津屋』の様子を探りにきたのである。二人の武士が『興津屋』から出てきたのはその直後だった。

重蔵の目がぎらりと光った。

二人とも塗笠で面体《めんてい》を隠していたが、身なりから察すると大身旗本か大名家の家臣とおぼしき侍である。いずれにせよ、れっきとした武士がこんな時刻に、それも人目をはばかるようにこっそりと廻船問屋を訪れるのは、いかにも怪しい。

（つけてみるか）

船荷の陰から足を踏み出そうとした、そのとき、

（！）

人の気配を感じて、重蔵は思わず後ずさった。

うずたかく積まれた船荷の山の間を、黒い影が音もなく走ってゆく。

船荷の山が途切れたところで、ほんの一瞬だが、星明かりの中に影の正体がおぼろげに浮かび上がった。距離が離れているので顔は定かに見えないが、羽織袴《はかま》を身につけ、腰に大小をたばさんだ痩身《そうしん》の武士である。

（何だ？　あの侍は……）

もとより重蔵は、その武士が大垣藩江戸定府・勘定改方・須山栄三郎であることを知るよしもなかった。

須山の姿はすぐに船荷の陰に消えていった。

重蔵はとっさに身をひるがえし、猫のように背を丸めて須山のあとを追った。

船荷の山の間を走り抜けると、その先は船蔵が立ち並ぶ路地になっていた。

そこで須山は足をゆるめてゆっくり歩き始めた。

どうやら重蔵の尾行には気づいていないようだ。

迷路のように入り組んだ路地を抜けて、本湊町の表通りに出た。

須山は北に向かって黙々と歩を進めている。その七、八間後方、重蔵が家並みの軒下や木立の陰をひろいながら、つかず離れずつけてゆく。


半刻後――。

須山栄三郎は浅草蔵前《くらまえ》の大通りを歩いていた。

浅草御門橋の北詰から千住宿へとつづく奥州街道である。俗《ぞく》に蔵前通りと呼ばれるこの大路の左（西側）には、札差《ふださし》の豪壮な屋敷（通称・蔵宿《くらやど》）が立ち並び、右手（東側）には幕府の御米蔵が白壁を連ねている。

御米蔵は、元和《げんな》六年（一六二〇）に建てられたもので、大川に沿って五十四棟、二百七十戸あり、裏手には回漕米《かいそうまい》の荷揚げのための入堀《いりぼり》が一番堀から八番堀まであった。

ここに荷揚げされる全国天領の収穫米、年貢米、買い上げ米は、年間およそ三十万石から四十万石におよぶという。

それらの貯蔵米は、札差を通じて旗本や御家人、または采地《さいち》のない下級武士たちに禄米として支給されるのである。

須山が足を止めたのは、御米蔵の南端にある御蔵役人屋敷の前だった。この屋敷には、御蔵奉行配下の手代や同心番頭、小揚げの者（荷役人夫）、などが詰めている。

須山が門番に来意を告げると、ややあって奥の詰め所から分厚い帳簿を持った手代組頭らしき初老の役人が出てきた。

門前に立ったまま、二人は何事かひそひそと話し合っている。

そんな二人の様子を、重蔵は付近の物陰に身をひそめてじっと見ていた。

やがて須山は役人に一礼して、足早に立ち去っていった。

重蔵はふたたび須山のあとをつけはじめた。

人通りの絶えた奥州街道を、須山は北をさして黙然と歩いてゆく。

駒形町、材木町、花川戸町と北上し、聖天町の二叉路にさしかかったとき、突然、夜気を震わせるように鐘の音が鳴りひびいた。

五ツ（午後八時）を告げる浅草寺の時の鐘である。

その鐘の音を聞きながら、須山は聖天町の二叉路を左へ進み、一丁ほど行ったところで右の路地に入っていった。

路地の奥に六軒つづきの棟割り長屋があった。どの家もすでに明かりを消してひっそりと寝静まっていたが、一番奥の障子《しょうじ》窓だけがほんのりと明るんでいた。

「ごめん」

戸口に立って須山が低く声をかけると、障子戸がわずかに開いて、若い女が不審そうに顔をのぞかせた。お佐代である。

「どなたさまでしょうか」

「須山と申す者だが、伊織どのはおられるか」

「は、はい。少々お待ちくださいまし」

お佐代が奥に引っ込むと、すぐに西崎伊織が姿を現した。

「須山さん！」

「夜分すまんが、ぜひ、おぬしの耳に入れておきたいことがあってな」

「そうですか」

伊織は素早くあたりの闇を見廻し、

「どうぞ、お入りください」

と須山を中へ招じ入れ、ぴしゃりと障子戸を閉めた。

（伊織？）

長屋木戸の陰で、様子を見ていた重蔵の目が闇の中できらりと光った。

（千坂の旦那が捜していた西崎伊織ってのは、あの侍か……）

三

――ギャ、ギャア、ギャ、ギャア。

ひよどりのけたたましい鳴き声で目が覚めた。

千坂唐十郎は、布団の中から亀《かめ》のように首を伸ばし、けげんそうに部屋の中を見廻したが、すぐにそこが新しい借家の寝間であることに気づいた。

窓の障子に明々《あかあか》と朝陽が映《は》えている。

――ギャ、ギャア、ギャ、ギャア。

また、ひよどりの鳴き声がひびいた。

唐十郎はむっくり起き上がり、窓の障子を引き開けた。

近くの楓《かえで》の枝に群《むら》がっていた数羽のひよどりが、ばさばさと羽音を立てて飛び去っていった。空は雲ひとつなく晴れ渡っている。

開け放った窓からひんやりと朝の冷気が吹き込んできた。

陽の高さから見て、時刻は五ツ（午前八時）ごろだろう。

ふわッ。

と生欠伸《なまあくび》をして、唐十郎は両腕を伸ばした。

神田多町の借家では、朝早くから人声や物音がひびき渡っていたが、木立に囲まれたこの家は物寂しいほどの静けさにつつみ込まれている。そのせいか、久しぶりに今朝は寝過ごしてしまった。

唐十郎は手早く身支度をととのえ、台所の土間に下りて竈《かまど》に火を熾《おこ》した。

その火を板間の囲炉裏に移し、自在鉤《かぎ》に鉄瓶をかけて湯を沸《わ》かした。

ちょうど湯が沸き上がったときである。

「おはようございます」

と玄関で女の寛闊《かんかつ》な声がした。

板間の障子を引き開けると、お仙が大きな風呂敷包みを提げて三和土《たたき》に立っていた。

「よう、お仙か。よくここがわかったな」

「兄さんから聞いたんです」

丈吉は唐十郎が湯島に家移りしたことを大黒屋宗兵衛から聞いたのだろう。

「新しい家だから食べ物がないんじゃないかって」

「丈吉が心配していたか」

「ええ、朝食の手伝いをしてこいっていわれたんです」

「そうか。それはすまんな」

「じゃ、さっそく」

板間に上がり込むと、お仙は着物の両袖《そで》をたくし上げて襷《たすき》がけにし、いそいそと台所の土間に下りていった。

「米や味噌、醬油は大黒屋が用意してくれたようだ」

「あら、本当」

台所のすみに米櫃《びつ》や醬油の瓶《かめ》、味噌樽《だる》などが置いてある。

お仙は持ってきた風呂敷包みを広げ、買い込んできた野菜や干物《ひもの》、油揚げなどを炊事台《すいじ》の上に並べ、手ぎわよく朝食の支度に取りかかった。

四半刻もたたずに朝食の支度がととのった。箱膳《はこぜん》の上に炊《た》きたての飯、油揚げと大根の味噌汁、焼いた干物、漬物などがのっている。

「おう、うまそうだな」

「お口に合うかどうか……」

二人は向かい合って食べはじめた。

「うむ。いい味加減だ」

「それは、どうも」

お仙は照れるように笑った。が、すぐその笑みを消して、

「おようさん、いまごろどうしているかしら？」

ぽつりとつぶやいた。常吉と府中宿に向かったおようのことである。

「常吉はおように心底惚《ほ》れていた。悪いようにはしないだろう」

「ならいいんですけど……」

気を取り直すように笑って、お仙は部屋の中を見廻した。

「まだ新しいんですね、この家」

「ああ、建ててから三月ほどしかたっていないそうだ。造りもしっかりしている
し、使い勝手もいいし、住み心地は申し分ない」

「ねえ、旦那」

お仙が急に真顔になって、

「所帯を持つ気はないんですか？」

唐突な問いかけだった。唐十郎は思わず箸《はし》を持つ手を止めて見返した。

「なぜ、そんなことを？」

「もったいないですよ、こんな立派な家に一人暮らしなんて」

「もったいない、か……」

唐十郎は苦笑を浮かべた。

「それも妙な理屈だな」

「どこが妙なんですか」

「裏を返せば、独り者がこんな立派な家に住むのは贅沢だ。裏長屋にでも住めばいい、ってことになるぞ」

「いいえ、決して、そういう意味じゃ……」

お仙はあわてて首を振った。そのとき、玄関の戸が開く音がして、

「ごめんなすって」

と男の声がした。重蔵の声である。

「あら、重蔵さんだわ」

お仙が立ち上がって板間の障子を引き開けると、重蔵が寒そうに手を揉《も》みながら入ってきた。人目を気にしてか、手拭《てぬぐ》いですっぽり頰《ほお》かぶりをしている。

「お仙さんもきてたのかい」

「どうぞ、お上がりになって」

「失礼いたしやす」

はらりと頰かぶりをはずして、板間に上がり込み、囲炉裏の前に腰を下ろした。

「重蔵、朝飯はすんだのか」

「へえ。あっしにかまわず、召《め》し上がっておくんなさい」

「お茶をいれましょう」

お仙が鉄瓶の湯を急須に注いで茶をいれた。

「すまねえな、お仙さん」

茶をすすりながら、重蔵は興味津々《しんしん》のていで部屋の中を見渡した。

「大黒屋の旦那から話は聞きやしたが、なるほど、結構なお住まいでござんすねえ」

「たったいま、お仙に厭味《いやみ》をいわれたところだ」

「厭味？」

「男の一人暮らしにはもったいない家だとな」

「旦那、あたし、そんなこと一言もいってませんよ」

小鼻をふくらませて、お仙は声を尖《とが》らせた。

「まま、そうムキになるな。ほんの冗談だ」

「それはそうと、旦那……」

重蔵が飲み干した茶碗を囲炉裏の縁に置いて膝を進めた。

「西崎伊織って侍の居所《いどころ》がわかりやしたよ」

「なに」

「浅草聖天町の『金助店《きんすけだな》』って長屋なんですがね」

といって重蔵は、銭緡の甚八の情報をもとに、昨夕、鉄砲洲の廻船問屋『興津屋』へ探りにいったことや、その『興津屋』から塗笠をかぶった二人の武士がこっそり出てくるところを目撃したこと、さらには重蔵のほかにもう一人、別の武士が『興津屋』の様子を探っていたことなどをかいつまんで話した。

「もう一人、別の武士が……？」

「確か、名は須山だったと」

「須山？」

唐十郎は思案げに目を細めた。

「その侍に何か心当たりでも？」

「うむ。大垣藩の国元に須山栄三郎という勘定方の役人がいたが……、そういえば、須山は伊織の父親・西崎伊右衛門どのの配下だった。息子の伊織と親交があってもふしぎではあるまい」

「なるほど、それで話がつながりやしたね」

「よし」

唐十郎は意を決するようにうなずいた。

「伊織に会ってみよう」

「これからですかい？」

「善は急げだ」

「でも、大丈夫かしら」

お仙が不安そうな目で見た。

「何が」

「旦那は藩に追われてる身なんでしょ」

「心配するな。おれをつけねらっているのは江戸留守居役の倉橋監物だけだ。須山と伊織は敵ではない」


それから一刻（二時間）後——。

千坂唐十郎は、浅草聖天町の路地を歩いていた。

例によって網代笠を目深にかぶっている。

重蔵から詳細に場所を聞いていたので、『金助店』はすぐにわかった。

長屋木戸をくぐると、井戸端で洗い物をしていた二人の女が、ふと手を止めてけげんそうな視線を向けたが、唐十郎が挨拶《あいさつ》をすると、二人の女は怪《あや》しむ気ぶりも見せず、笑顔で挨拶を返してきた。

唐十郎は長屋の奥の戸口に立って、「ごめん」と声をかけた。ややあって、

「どなたかな？」

障子戸越しに男の低い声がした。警戒しているのか、戸を開ける気配はない。

「千坂唐十郎と申す者だが、貴公に折入って話がある」

「千坂？」

障子戸がわずかに開いて、伊織の目が見えた。その目にも警戒の色が浮かんで

いる。

「わたしだ」

唐十郎が網代笠の縁を押し上げると、一瞬、伊織は驚いたように息を呑《の》み、

「田坂さん！」

小さく叫んだ。

「中に入れてもらえぬか」

「は、はい」

伊織が障子戸を引き開けてちらっと長屋路地に目をやり、素早く唐十郎を中に招じ入れた。ぴしゃっと音を立てて障子戸が閉まった。

唐十郎は網代笠をはずして部屋に上がった。お佐代の姿はなかった。

伊織が奥の寝間から座布団を持ってきて、唐十郎にすすめた。

「一別以来だな、伊織どの」

「しかし、なぜ、ここが？」

伊織がいぶかるように訊いたが、それには応《こた》えず、唐十郎はふところから小さな袱紗《ふくさ》包みを取り出して広げた。中身は三枚笹《さんまいざさ》の家紋が記された例の印籠《いんろう》である。

「こ、これは……！」

伊織は目を見張った。

「いつぞや、おぬしが猪牙舟《ちょきぶね》の中に落としていった印籠だ。奇遇なことにその舟の船頭がおれの知り合いでな。それでおぬしが江戸にいることを知ったのだ」

「………」

伊織は信じられぬような面持《おもも》ちで印籠を見つめている。

「ゆえあって仔細《しさい》は申せぬが……」

と前置きして、唐十郎は阿片《あへん》密売一味の探索に動いていることを打ち明け、

「おれの手先が鉄砲洲の廻船問屋『興津屋』に探りを入れにいったところ、様子の怪しい侍を目撃したそうだ。不審に思ってその侍のあとをつけたら、この長屋に行き当たったというわけだ」

それを聞いて、ようやく伊織は納得した。

「その侍というのは、勘定改方の須山さんです」

「須山？」

むろん唐十郎は知っている。だが、確認のためにあえて訊き返した。

「おぬしのお父上の下で働いていた須山栄三郎どのか」

「はい。三年前に江戸定府になったのです」

「須山どのは、『興津屋』でいったい何を探っていたのだ」

「じつは……」

伊織は伏《ふ》し目がちにぽつりぽつりと語りはじめた。

四

伊織の話によると、倉橋監物が江戸留守居役に出世したとき、一部藩士のあいだで、

「倉橋は金《かね》で出世を買った」

「藩の重役たちに千数百両の金をばらまいたらしい」

という噂《うわさ》が流れ、中には、

「倉橋を即刻罷免《ひめん》すべし」

と声高に叫ぶ者もいたという。

そうした批判勢力の急先鋒に立っていたのが、伊織の父で勘定吟味役組頭をつとめていた西崎伊右衛門だったのである。

（郡《こおり》奉行在任中に、かなりの不正蓄財をしたに違いない）

と見た伊右衛門は、監物の金の出所を探るために、ひそかに調査を開始した。

大垣藩の郡奉行は、藩士の給地の管理や郡内の財政、租税の決定、徴収、訴《そ》訟《しょう》、諸法度《しょはっと》の伝達、風俗の取り締まりなどを任とする地方行政の長である。民政全般をつかさどる重職だけに、その権限は絶大で、領内の豪商・富農・地主・庄屋などからの金品の付け届けも多く、藩内最大の利権ポストともいわれていた。

伊右衛門がまず着手したのは、監物の在任期間中に、郡奉行所から勘定奉行所に回付されてきた膨大《ぼうだい》な量の書類や帳簿の洗い直しだった。

出入金の数字に齟齬《そご》はないか。

改竄《かいざん》の痕跡はないか。

不明朗な金の動きはないか。

その三点を主眼に、数百冊の帳簿や書類を、四か月ほどかけて徹底的に調べ上げたのである。だが、監物の不正を裏付ける決定的な証拠は何も見つからなかった。

すべての書類や帳簿の数字が間然《かんぜん》するところなく整合していたのである。

(完璧すぎる)

それが逆に不審だった。

(ひょっとすると、監物の不正蓄財の源《みなもと》は藩の外にあるやもしれぬ)

伊右衛門の胸裏に新たな疑念がこみ上げてきた。

領内の豪商・富農の多くは、江戸に本店《ほんだな》、もしくは出店《でみせ》を構えていた。いわゆる江戸店《だな》である。その江戸店を通じて、監物に裏金が流れたとすれば、帳簿に不正の痕跡が残ることは絶対にないのだ。

そこに気づいた伊右衛門は、息子の伊織をひそかに江戸に差し向け、監物と関わりのありそうな江戸店を調べさせたのである。

「で……?」

話を聞きおえた唐十郎が、おもむろに顔を上げた。

「何かわかったのか」

「はい。須山さんの調べで、意外な事実が判明しました」

「意外な事実?」

「廻米《かいまい》の横領です」

「ほう」

唐十郎は意外そうに目を細めた。

大垣藩の領内には、元文《げんぶん》四年（一七三九）ごろから代官・野田古武《のだひさたけ》によって開墾《かいこん》された幕府直轄の新田が各所に散在していた。

しかし、その周辺の郷村はすべて大垣藩の藩領であったため、支配関係が複雑になり、農民同士の争いが起こりはじめた。そこで藩は、

〈百姓風俗罷《まか》り成り、領分の仕置きにも差し支《つか》え、後年に至って彼是《あれこれ》争論・出入《でいり》（紛争）なども出来仕《しゅったいつかまつ》る哉《かな》〉

と、その弊害《へいがい》を幕府に訴え、代官支配の新田を「預所《あずかりしょ》」にするよう申請したところ、これが認められ、以降、大垣藩が幕領の新田を預かることになったのである。

この預所を管理していたのが郡奉行だった。

預所が徴収した幕府の年貢米は、村々の郷蔵《ごうぐら》に保管されたあと、揖斐《いび》川から津出《つだ》しされて桑名湊《くわなみなと》まで川下げされ、さらに桑名湊から海運によって江戸に輸送されて、浅草の御米蔵に納入された。これを廻米という。

「揖斐川から津出しされる廻米は、毎年二千六百石ほどでしたが……」

伊織が語をつぐ。

「須山さんが浅草の御蔵屋敷で調べたところ、倉橋監物が郡奉行に在任中、浅草御米蔵に納入された廻米は、二千石前後だったそうです」

「つまり、六百石の廻米が途中で消えてしまったというわけか」

「はい。その廻米を弁才船《べざいぶね》に積み込んで桑名湊から江戸に運んでいたのが、鉄砲洲の廻船問屋『興津屋』だったのです」

「なるほど」

それで合点《がてん》がいった。

大垣藩の預所が徴収した年貢米は、郡奉行・倉橋監物の管理下に置かれていたので、幕府の蔵奉行は実高を知らないのだ。そこに目をつけた監物が『興津屋』と結託して、幕府の廻米を横領していたのである。

当時、米一石の価格は一両。三百石の廻米を横領して、市中の米屋に売りさばけば三百両の金になる。現代の貨幣価値に換算するとおよそ三千万の大金が、毎年、監物と『興津屋』のふところに転《ころ》がり込む仕組みになっていたのだ。

「そのことを、お父上に報告したのか？」

唐十郎が訊いた。

「はい。今朝方《けさ》、手紙にしたためて国元の父へ」

「ならば早々に江戸を立ち去ったほうがいい。倉橋一味が血眼《ちまなこ》でおぬしの行方を捜しているからな」

「ご忠告はありがたいのですが……」

戸惑うように、伊織は目を泳がせた。

「まだ何かあるのか？」

「動かぬ証拠をつかみたいのです」

「動かぬ証拠？」

「『興津屋』が幕府の廻米を江戸市中の米問屋に横流ししていたという明らかな証拠です。それを見つけぬかぎり、倉橋を失脚に追い込むことはできぬ、と須山さんもおっしゃっておられました」

確かに、廻米の出荷量と入荷量が違っていたというだけで、倉橋監物の不正を糾弾《きゅうだん》するのは難しいだろう。たんなる帳簿上の間違いだったと強弁《きょうべん》されれば、それまでのことなのである。

「ま、門外漢のおれがとやかくいえる筋合いではないが……」

伊織の身を気づかうように、唐十郎がいった。

「せいぜい身辺には気をつけたほうがいい」

「お心づかい、ありがとう存じます」

「では、人目につかぬうちに、そろそろ……」

と立ち上がって、三和土に下りかけると、

「田坂さん」

伊織が呼び止めた。

「倉橋監物に追われているのは、わたしだけではありません」

「わかっている」

「くれぐれもご用心のほどを」

「うむ。おぬしの首尾《しゅび》を祈っている」

「ありがとうございます」

「縁があったらまた会おう」

いいおいて、唐十郎は網代笠をかぶり、長屋をあとにした。

日本橋は江戸の経済の中心地である。

地名の由来となった橋は、長さ二十八間（約五十メートル）。隅田川に架かる両国橋（九十六間）や永代橋（百十間）に比べると、橋の規模は大したことはないが、欄干《らんかん》に擬宝珠《ぎぼうしゆ》がつけられているのは、京橋《きようばし》とこの日本橋だけである。

それが日本橋界隈《かいわい》に住む人々の自慢の種でもあった。

この橋を基点に南北に延《の》びる大通りの両側には、本瓦葺き土蔵造りの呉服問屋や薬種問屋、酒、味噌、醤油を商う大店がずらりと軒を連ねている。

〈橋上の往来は貴となく賤《せん》となく、駱繹《らくえき》として間断《かんだん》なし〉

と物の書に記されているように、橋の上の往来は終日絶えることがなかった。

特にこの日は、おだやかな晴天に恵まれたせいか、いつにも増して人出が多かった。

町人や武士、僧侶、着飾った女、物見遊山《ゆさん》の一団、駕籠《かご》かき、大八車などがひっきりなしに行き来している。

その雑踏《ざつとう》の中に、南をさして足早に歩いてゆく痩身の武士の姿があった。

武士は、日本橋通南二丁目の、とある商家の前で足を止めた。

須山栄三郎である。

商家の軒屋根には、『米問屋・大嶋屋《おおしま》』の大看板がかかげられている。

須山は人目を気にするようにあたりを見廻し、のれんを分けて店に入っていった。

「いらっしゃいまし」

帳場から出てきたのは、四十五、六の番頭らしき男である。

「少々ものを訊《たず》ねるが」

「はい」

「この店で商っている米はどこで仕入れているのだ？」

「手前どもの米は、すべて蔵前の札差『和泉屋《いずみや》』さんから買い付けております」

「『和泉屋』か」

「何かご不審な点でも？」

「この数年、相場より安い米が市中に出廻っていると聞いたが、心当たりはないか？」

「さあ、そのような話は一向に……」

番頭は首をかしげた。誠実そうなその顔を見て、須山はそれ以上詰問《きつもん》せず、丁重に礼をいって店を出た。

「その様子を付近の路地角から、鋭い目で見ている武士がいた。

大垣藩目付・小関甚内である。

往来の雑踏に飲み込まれてゆく須山のうしろ姿を険しい表情で見送ると、小関は路地から歩を踏み出して足早に去っていた。

それから一刻後。鉄砲洲本湊町の廻船問屋『興津屋』の奥座敷で、三人の男が深刻な顔を見合わせていた。あるじの茂左衛門と大垣藩目付頭・権藤弥九郎、そして配下の小関甚内である。

「勘定方の須山が例の一件を嗅《か》ぎまわっているそうだ」

権藤が苦々《にがにが》しく口をゆがめていった。声も表情も不機嫌そのものだ。

「勘定方が……！」

驚きのあまり、茂左衛門の声は上ずっている。

「日本橋の米屋を一軒ずつ当たっている。廻米の横流し先を調べるためだ」

これは、小関である。茂左衛門が激しく狼狽《ろうばい》しながら、反問した。

「し、しかし、なぜ、いまごろになって？」

「あの男は江戸詰になる前、国元の勘定吟味役組頭・西崎伊右衛門の配下だったのだ」

「えっ」

虚《きよ》を突かれたように、茂左衛門は瞠目《どうもく》した。

「伊右衛門のせがれと通じていたのであろう」

茂左衛門は惚《ほう》けたように口を半開きにして絶句している。

「いずれにせよ、事が発覚すれば、倉橋さまのお立場が……。いや、倉橋さまだけではない。我らも、そのほうも無事ではすむまいな」

「………」

恐怖のためか、茂左衛門の体が瘧《おこり》のように震えだした。

「興津屋」

ハッと我に返って、権藤の顔を見た。

「先日、そのほう、身のまわりの掃除はあらかたすんだ、と申したな？」

「は、はい。そのつもりでおりましたが……」

「ところが、肝心の大ゴミを見落としていたのだ」

「大ゴミ？」

「須山が拾《ひろ》い集めようとしているのは、その大ゴミだ」

小関がふっと酷薄な笑みを浮かべて、

「といえば、もう察しがつくであろう」

「は、はっ」

茂左衛門は両手を突いて平伏した。

「よいな、興津屋、一刻も早くだぞ」

傲然《ごうぜん》といい放って、権藤と小関が立ち上がった。

茂左衛門は畳に額をつけたまま、平蜘蛛《ひらぐも》のように平伏している。

襖《ふすま》が開く音がした。

いくばくかたって、茂左衛門は恐る恐る顔を上げた。

権藤と小関の姿は消えていた。茂左衛門の額にべっとり脂汗《あぶらあせ》がにじんでいる。それを手の甲で拭うと、飲みかけの湯飲みを取り、冷めた茶を一気に喉に流し込んだ。

五

ふうっ。

茂左衛門の口から大きな吐息が洩れた。

(やれやれ、また厄介《やっかい》な仕事を……)

権藤たちの強圧的な態度には、内心腹立たしい思いもある。だが、

「事が発覚すれば、倉橋さまのお立場が……。いや、倉橋さまだけではない。我らも、そのほうも無事ではすむまいな」

という権藤の言葉はあながち脅《おど》しではなかった。倉橋監物の身に万一があれば、自分の身にも累《るい》がおよぶのは自明の理である。

我が身を守るためには、まず監物の身を守らなければならないのだ。

（須山ごときに『興津屋』の身代《しんだい》をつぶされてたまるか）

茂左衛門は歯ぎしりする思いでつぶやいた。

『興津屋』は茂左衛門が一代で築き上げた廻船問屋である。

もともとは、揖斐川の津出し場で川舟一艘から細々とはじめた商いだったが、藩の仕事を請け負《お》うようになってから急速に業績を伸ばし、十年前に外洋を航行できる五百石積みの弁才船二隻を買い入れて、桑名湊と江戸をむすぶ廻船業を興したのである。

開業当初は、藩の蔵米を江戸の蔵屋敷に運ぶ仕事を請け負っていたが、ある日、郡奉行の倉橋監物に城下の料亭によばれ、

「どうだ、興津屋。わしと手を組んで一儲《もう》けせぬか」

と持ちかけられた。

その儲け話というのが、幕府の廻米の横領だったのである。

幕府の蔵奉行は、浅草御米蔵に収納された廻米の量だけを記帳し、揖斐川から津出しされた廻米の量については、一切関知しなかった。監物はそこに目をつけ、

「出荷米の帳簿は、郡奉行のわしが管理しておるゆえ、露顕《ろけん》する恐れは万に一つもないのだ」

と自信たっぷりにいってのけたのである。

茂左衛門は、一も二もなくこの話に飛びついた。魚心あれば水心である。何といっても郡奉行の監物が後ろ楯《だて》についているのだから、これほど心強いことはない。

さっそく、その年の秋から廻米の横領が行われた。

幕府の廻米は、毎年九月と十月に千三百石ずつ、計二千六百石が桑名湊から江戸に回漕されていた。そのうち六百石をひそかに鉄砲洲で荷揚げし、残りの二千石を幕府の御米蔵に納入するという、単純かつ大胆な手口である。

横領した六百石の廻米は、『興津屋』の船蔵に収蔵したのち、日本橋因幡《いなば》町の米問屋『山城屋《やましろや》』と神田三河《みかわ》町の米問屋『結城屋《ゆうきや》』に、相場より安い一石三分で

売りさばいた。

まさに濡れ手で粟《あわ》のぼろ儲けであった。

（いつかバレやしまいか）

当初、茂左衛門の胸中には一抹《いちまつ》の不安があったが、

「露顕する恐れは万に一つもない」

と監物が豪語したとおり、蔵奉行の役人たちは米蔵に運び込まれた廻米をただ事務的に受領するだけで、例年より廻米の量が減ったことに疑いを抱く者は一人もいなかった。役人たちの怠慢《たいまん》が茂左衛門たちの犯罪を後押しした、といっても過言ではないだろう。

廻米の横領は、倉橋監物が郡奉行在任中、九年間にわたってつづけられた。

その間に横領された廻米の総量はおよそ五千四百石、金額にして四千両に上り、監物のふところには二千五百両、茂左衛門の手には千五百両の金が転がり込んだのである。

巨額の金を手に入れた茂左衛門は、商いのさらなる拡大を図って外航用の千石船を買い入れ、江戸・長崎間の廻船業に進出した。

南蛮《なんばん》交易の盛んな長崎で一旗上げようともくろんだのである。

しかし、この計画は茂左衛門の思惑どおりには運ばなかった。

鎖国政策下での南蛮交易には厳しい制約があり、新規参入者にはきわめて不利な条件が押しつけられたからである。

そんな折り、千石船の水夫頭・安造が耳よりな話を持ち込んできた。

長崎に入港した唐船《からぶね》が、御禁制の阿片の抜け荷（密輸）をしているというのである。

（それだ！）

渡りに船とばかり、茂左衛門はその話に乗った。

「多少、危ない橋を渡らなければ、金儲けはできないからね。安造、すぐに渡りをつけてもらおうか」

「かしこまりやした」

茂左衛門の命《めい》を受けた安造は、闇の手づるを使って唐船の船頭《ふながしら》から十斤《きん》（約六キロ）の阿片を買い入れて江戸に運び、賭場で知り合った巳之助に売りさばかせたのである。

売値は一匁《もんめ》（約四グラム）一分。十斤売りさばいて四百両の金になった。

そこから仕入れ値や密売人の手数料を引いて、ざっと二百両の金が茂左衛門の手に転がり込んだのである。

これに味をしめた茂左衛門は、唐船からさらに大量の阿片を買い込み、本格的に阿片密売に乗り出した。といっても、用心深い茂左衛門がみずから裏商いに手を染めることはなかった。世間の目をたばかるために、水夫頭の安造を解雇して阿片の密売元に仕立て上げ茂左衛門自身はあくまでも黒幕に徹したのである。

阿片の密売は面白いように儲かった。

安造は大量の阿片をさばくために、巳之助の遊び仲間の伊左次と常吉を一味に加え、深川や本所、浅草界隈へと販路を広げていった。

ところが、この闇の商売も長くはつづかなかった。売人の巳之助が、南町奉行所切っての敏腕《びんわん》同心とうたわれる杉江辰之進に目をつけられたのだ。

安造からその知らせを受けた茂左衛門は、すぐさま手を打った。用心棒の志賀仙八郎たちに巳之助を始末させ、同時に杉江辰之進をも闇に屠《ほふ》ったのである。

だが、茂左衛門はこれで町奉行所の追及をかわせるとは思っていなかった。むしろ、杉江が殺されたことで、町方《まちかた》の探索は一層厳しくなるに違いない。そう考えると、まだ安心はできないのである。

「旦那、それほど心配なら、いっぺんチャラにしちまったらどうですかね」

安造がいった。

「チャラ?」

「あの二人も消しちまうんですよ」

密売人仲間の伊左次と常吉のことである。

「なあに、売人の一人や二人、すぐ見つかりまさ」

安造はこともなげにいってのけた。

「毒を喰《く》らわば皿までってことか」

茂左衛門が薄笑いを浮かべた。その笑みが了解を表している。

翌日の夜、茂左衛門の依頼を受けた志賀仙八郎が、本所の伊左次の家に踏み込み、寝込みを襲って伊左次を始末した。時を同じくして、山室半兵衛も深川熊井町の常吉の家に向かったが、そこで山室は思わぬ不覚をとってしまった。間一髪のところで、常吉に逃げられてしまったのである。

それからすでに半月以上がたっていた。

山室の話によると、どうやら常吉は女を連れて江戸を出てしまったらしい。

「江戸を出たとすれば、もう深追いする必要はなかろう」

と志賀がいった。常吉が町奉行所の手のおよばぬ江戸府外に出てしまえば、事実上、探索はそこで打ち切られることになる。そうなれば常吉を追う必要もなくなるし、常吉を抹殺しなければならない理由もなくなるのだ。

「案ずるにはおよばぬ。常吉の件はこれで手じまいにいたそう」

志賀にそういわれて、茂左衛門も納得した。

ところが、その矢先に、またぞろ茂左衛門の心胆《しんたん》を寒からしめる事件が起きた。今度は安造が得体《えたい》のしれぬ男（重蔵）にねらわれたのである。

これには、さすがの茂左衛門も顔色を失った。

安造は阿片密売のいっさいを取り仕切っていた男である。その安造が捕まれば、茂左衛門の身にも探索の手がおよぶのは必至だ。

「わざわいの芽《め》は早めに摘み取っておいたほうがよい」

志賀の決断は早かった。刀をつかみ取ってすぐさま安造のあとを追い、鉄砲洲稲荷社の裏道で安造を斬り殺したのである。その報を受けて、

（これでもう、町方に尻尾をつかまれる恐れはなくなった）

茂左衛門の胸にもようやく安堵《あんど》感が広がった。

『興津屋』の船蔵には、まだ大量の阿片が蓄蔵されていたが、しばらくは密売を差し控え、ほとぼりが冷めたころに再開するつもりだった。

廻米の横領も、倉橋監物が江戸留守居役に出世した時点で、すでに取りやめている。もっとも自発的に手を引いたのではなく、目付頭の権藤弥九郎から、

「倉橋さまは、これまでのことをすべて清算するおつもりだ。ついては、そのほうも倉橋さまのご出世に傷をつけぬよう、くれぐれも身のまわりをきれいにしておいてくれ」

と厳しくいいふくめられたからである。その忠告にしたがって、船蔵に残っていた廻米も一粒残らず売りさばいたし、九年間保管していた裏帳簿もすべて焼却した。

(これであらかた身辺の掃除はすんだ)

いまのいままで、茂左衛門はそう確信していたのだが、

「肝心の大ゴミを見落としていたのだ」

と権藤に指摘されて、茂左衛門は愕然《がくぜん》となった。

大ゴミとは、廻米を横流ししていた米問屋、『山城屋』と『結城屋』のことである。

須山栄三郎が探っていたのは、まさにそれだったのだ。

(迂闊《うかつ》だった)

権藤に指摘される前に、なぜもっと早くそのことに気づかなかったのかと、茂左衛門は後悔のほぞを噛んだ。

第六章　雪中の死闘

一

権藤弥九郎と小関甚内が去ってから半刻ほどたったころ、日本橋因幡町の米問屋『山城屋』の使いの者が主人・久兵衛《きゅうべえ》の言伝《ことづ》てを持って『興津屋』にやってきた。

内密の話があるので、今夜五ツ（午後八時）、木挽《こびき》町三丁目の料亭『洲崎《すざき》』にぜひお越しいただきたい、というのである。

（噂《うわさ》をすれば影、とはよくいったものだ）

意外な成り行きに、茂左衛門は一瞬戸惑いを覚えた。

（なんで、いまごろ急に……？）

山城屋久兵衛とは、廻米《かいまい》の横流しをやめたときに、きっぱりと縁を切っている。

いつだったか、日本橋の大通りでばったり行き合わせたことがあるが、互いに他人行儀の挨拶《あいさつ》を交《か》わしただけですぐに別れた。

それ以来、半年以上も久兵衛には会っていないし、権藤弥九郎から『山城屋』の存在を指摘されるまで、名前さえ忘れかけていたのである。

（とにかく話だけでも聞いてみよう）

と思い、茂左衛門は木挽町に向かった。

京橋木挽町は、三十間堀《さんじっけんぼり》の東河岸に沿って、南北およそ十丁（約一キロ）に連《つら》なる町である。一丁目から七丁目まであり、五丁目の一角はいわゆる芝居町を成している。

料亭『洲崎』は、木挽町三丁目の北はずれにあった。黒板塀《くろいたべい》をめぐらした数寄《すき》屋《や》造りの風情《ふぜい》ゆたかなたたずまいの店である。

時刻は五ツ少し前だったが、山城屋久兵衛は先にきていて手酌《てじゃく》でやっていた。

「やあ、興津屋さん、お寒い中、お呼び立てして申しわけございません」

入ってきた茂左衛門に、久兵衛は慇懃《いんぎん》に頭を下げた。歳は四十二、三だろうか。細長な顔にやや吊《つ》り上がった目、鼻が尖《とが》っていて、抜け目のないしたたかな面構《つらがま》えをしている。

「ご無沙汰《ぶさた》しております」

茂左衛門も儀礼的に頭を下げた。

「ささ、まずは一献《いっこん》」

と久兵衛が酌をする。世間話をしながら、数杯酌《く》み交わしたところで、

「で、手前に内密の話というのは……？」

茂左衛門が探るような目で切り出した。

「実は、今日の八ツごろ、さるお大名家の勘定《かんじょう》方のお侍が訪ねてまいりましてね」

「ほう」

話を聞いた瞬間、茂左衛門は須山栄三郎に違いないと思った。

「この数年、江戸府内に安い米が出廻《でまわ》っている。その米の出所に心当たりはないかと訊《き》かれました」

「で、何と答えられたので？」

「もちろん、知らぬ存ぜぬで押し通しましたよ」

そういって、久兵衛は意味ありげな笑みを浮かべた。

横流しの米が幕府の廻米であることを、久兵衛は知らなかったが、まっとうな

筋のものでないことは承知していた。

「そのお侍というのは、どこのご家中《かちゆう》ですかね」

茂左衛門はあくまでもとぼけて見せた。

「さあ、藩名も名前も名乗りませんでしたので……。むしろ、興津屋さんのほうこそ、そのお侍にお心当たりがあるんじゃないですか」

久兵衛もしたたかである。茂左衛門の腹中を見透かしたようにずばりといった。

「これはまいりましたな」

額《ひたい》に手を当てて、茂左衛門は苦笑した。

「お察しのとおり、心当たりはございます」

「よかったら、詳しい事情《わけ》を話してもらえませんかね」

「それはご勘弁を……。山城屋さんにもご迷惑がかかることですので」

「いまさら水臭いことを……」

久兵衛は鼻でせせら笑った。

「興津屋さんとは同じ泥船に乗った間柄じゃありませんか」

「もう半年も前のことでございますよ」

「手前とは縁が切れたとおっしゃるんで?」

「表向きは、そうしておいたほうがよろしいかと……。お互いのためにも」

「ま、いいでしょう。ところで興津屋さん」

久兵衛がいなすように話題を変えた。

「折入って、お願いがあるんですが」

「どんなことで?」

「もう一度夢のつづきを見させてもらえませんかね」

「夢のつづき?　と申しますと」

「米の取り引きを再開してもらいたいのです」

「それは……」

茂左衛門はいいよどんだ。

「無理ですな」

「無理?　なぜですか」

「これ以上つづけるのは危険だからです」

「それはないでしょう」

久兵衛の語調が変わった。開き直るような口調である。

「手前は危険を承知でこの商《あきな》いに手を染めたんですよ」

「その件については、半年前にすでに話がついているはずです。山城屋さんもそのときは了解なさったじゃありませんか」

「了解はしましたが、やめるとは一言もいっておりませんよ。いずれ、ほとぼりが冷めたら、また再開してくれるだろうと……、そう信じていままで待っていたんです」

「手前の言葉が足りなかったのかもしれませんな」

急に腰の据わった感じになって、茂左衛門がいった。

「では、あらためて申し上げましょう。山城屋さんとの取り引きは、本日この場で御破算《ごわさん》ということに……」

「御破算ですって！」

久兵衛の顔が引きつった。怒りのために肩が震《ふる》えている。

「そうですか。興津屋さんがそのおつもりなら、手前にも覚悟があります」

「覚悟？」

「身を滅《ほろ》ぼす覚悟です」

「ま、まさか」

茂左衛門は愕然《がくぜん》と息を呑《の》んだ。

「その覚悟がなければ、初手《はな》からこんな危ない商売に手を出したりはしません。興津屋さんとは浮くも沈むも一緒、死なばもろともってことですよ」

「………」

さすがに返す言葉がなかった。こういう手合いは、一度味をしめたらとことん食いついてくる。いずれ始末しなければならない男なのだ。茂左衛門はいまさらながらにそのことを思い知らされた。しばらくの沈黙のあと、

「わかりました」

気を取り直して、茂左衛門が応《こた》えた。

「考えておきましょう」

久兵衛の顔に貪婪《どんらん》な笑みが浮かんだ。

「取り引きを再開してもらえるんですね」

「そのつもりで段取りをつけておきますよ」

「ふふふ……」

久兵衛は満足そうにふくみ笑いを洩《も》らし、「では、あらためて固めの盃《さかずき》を」

と茂左衛門の猪口《ちょこ》に酒を注いだ。

それから半刻ほど酒を酌み交わしたあと、二人は『洲崎』を出た。

茂左衛門が奇妙な行動に出たのは、三十間堀に架かる真福寺《しんぷくじ》橋の東詰で、山城屋久兵衛と別れた直後だった。

橋を渡って京橋方向に歩いてゆく久兵衛のうしろ姿に目をやりながら、手に提げていた提灯《ちょうちん》を円を描くように二、三度くるくると振り廻したのである。

それが合図だったのだろう。

付近の路地から、三つの黒影が音もなく飛び出してきた。

志賀仙八郎と山室半兵衛、そして仙石左内の三人である。

その三人とは目も合わさず、茂左衛門は素知らぬ顔で去っていった。それをちらりと見送ると、三人は疾風《しっぷう》のごとく真福寺橋を駆け渡り、久兵衛のあとを追った。

足音に気づいて、久兵衛が振り返った。

三つの影が間近に迫っている。久兵衛は提灯をかざして、不審そうに三人を見た。

三人の足が止まった。久兵衛は数歩後ずさりしながら、

「ご浪人さん方は……？」

と怯《おび》えるような目で三人を誰何《すいか》した。返事は返ってこない。

「手前に何か御用でも？」

三人は無言。志賀仙八郎が一歩踏み出し、ぎらりと刀を抜き放った。

「ひ、人殺し！」

度肝《どぎも》を抜かれて逃げ出そうとする久兵衛の背中へ、一瞬速く、志賀の刀が刃唸《はうな》りを発して叩《たた》きつけられた。

「わっ」

悲鳴とともに、久兵衛の体が前のめりに倒れ伏した。

切り裂かれた背中から音を立てて血が噴き出している。

地面に転《ころ》がった提灯がめらめらと燃え上がった。その火が燃えつきるのを待たず、志賀と山室、仙石の三人はもう闇《やみ》の彼方《かなた》に走り去っていた。


半刻（一時間）後――。

神田三河町二丁目の表通りを、黒つむじのように疾走《しっそう》する影があった。

志賀、山室、仙石の三人である。

通りの両側には魚屋や八百屋、米屋、乾物屋《かんぶつ》などの小店が軒《のき》を連《つら》ねているが、どの店もすでに大戸を下ろし、ひっそりと寝静まっていた。

月のない暗夜である。

だが、まったくの闇ではなかった。雲間からほのかに差し込む星明かりが、家並みの輪郭をくっきり浮かび立たせている。

三人は、とある店の前で足を止めると、ふところから黒布を取り出して面を覆《おお》った。

店の看板に『米屋・結城屋』とある。それを確認すると、志賀がいきなりくぐり戸を蹴破って中に侵入した。すかさず山室と仙石もあとにつづく。

物音を聞きつけて、店の奥から番頭が手燭《てしょく》を持って飛び出してきた。

「ど、泥棒！」

三人の姿を見て、番頭が驚声を発した。

次の瞬間、志賀の刀が一閃した。抜く手も見せぬ逆袈裟《ぎやくけさ》である。

番頭は声も叫びもなく、帳場から土間に転び落ちた。

異変に気づいたのか、奥のほうが騒がしくなった。

三人は土足のまま板間に駆け上がり、正面の襖《ふすま》を開け放った。

奉公人や女中たちが悲鳴を上げて逃げまどっている。それには目もくれず、三人は次々に襖や障子《しょうじ》を蹴倒して奥に突き進み、寝間の襖を引き開けた。

夜具の上で、寝巻姿の中年の男女が抱き合うように身をすくめていた。

主人の幸右衛門《こうえもん》と女房のおふさである。

「結城屋幸右衛門だな」

敷居際に仁王立《におうだ》ちしたまま、志賀が低く問いかけた。

「は、はい。お金《かね》なら差し上げます。ど、どうか命だけはお助けくださいまし」

幸右衛門が全身を激しく震わせて懇願する。

「金はどこにある？」

山室がいった。

「た、ただいま……」

はじけるように立ち上がって、幸右衛門は床《とこ》の間から金箱を持ってきた。

仙石が素早く蓋《ふた》を開けた。小判がぎっしり詰まっている。ざっと見積もって二百両はあるだろう。それを見た志賀の目が、黒覆面の下でぎらりと光った。

「行きがけの駄賃だ。この金はもらっておこう」

志賀がそういうと、山室と仙石がやおら抜き身を振りかざして、幸右衛門とおふさの前に立ちはだかった。

「お、お待ちください！ お金は差し上げます。い、命だけは……」

必死に命乞いする幸右衛門に、山室の刀が容赦《ようしゃ》なく振り下ろされた。拝《おが》み打ちの一刀である。同時に仙石の刀が女房・おふさの胸を貫《つらぬ》いた。

二人は折り重なるように夜具の上に倒れ込んだ。二人ともほぼ即死である。

夜具の上にみるみる血溜《ちだ》まりができた。

志賀は何事もなかったように刀を納めると、金箱を脇抱えにして山室と仙石をうながし寝間を飛び出していった。

二

一夜明けて――。

米問屋『結城屋』の周辺は、騒然とした雰囲気に包まれていた。

月番の北町奉行所の同心や小者たちが、あわただしくくぐり戸を出入りしている。

やがて大戸が開けられ、戸板に載せられた死体が運び出されてきた。

死体は三体。いずれも粗 筵《あらむしろ》をかぶせられている。

『結城屋』のあるじ・幸右衛門と女房のおふさ、そして番頭の三人の死体である。

その様子を野次馬《やじうま》たちが遠巻きにして、恐ろしげに見ている。

「押し込みですか」

「三人組の黒覆面の浪人だそうです」

「ご主人夫婦と番頭さんが殺されて、二百両の金が盗まれたそうですよ」

「酷《むご》いことを……」

「ほかの奉公人は無事だったそうだから、不幸中の幸いだね」

ひそひそとささやき合う野次馬の中に、網代笠《あじろがさ》を目深《まぶか》にかぶった千坂唐十郎の姿があった。かたわらには丈吉が立っている。

唐十郎が事件を知ったのは、つい四半刻前だった。

「旦那《だんな》、ゆんべ妙な事件が起きやしたよ」

と丈吉が一報を持って湯島の家を訪ねてきたのである。

それによると、昨夜四ツ（午後十時）ごろ、京橋で米問屋『山城屋』の主人・久兵衛が何者かに斬《き》り殺され、その半刻後に神田三河町の『結城屋』に三人組の浪人が押し入って主人夫婦と番頭を殺害、金箱を奪って逃走したという。

これは、丈吉が知り合いの岡っ引から聞いた話である。

「殺されたのは、二人とも米問屋か……」

話を聞いた瞬間、唐十郎は何か引っかかるものを感じた。

（ただの偶然ではなさそうだ）

そう思って現場の様子を見にきたのである。

小者たちが三人の死体を大八車に積み代えて運び去っていった。

それを見届けると、唐十郎は目顔で丈吉をうながし、野次馬の群れから離れた。

「結城屋のあるじというのは、どんな男だったのだ？」

歩きながら、唐十郎が訊いた。

「なんでも、以前は小さな舂米屋《つきごめや》だったそうですよ」

「ほう」

舂米屋とは、客が持ち込んだ玄米を臼《うす》で舂《つ》いて精米し、手数料を取る商いである。

〈舂米屋　人の命を踏んでいる〉

と川柳《せんりゆう》にあるように、人々の生活には欠かせぬ商いだった。

「ところが、どこで買い付けてきたものか、九年ほど前から自前で米を売るようになりやしてね」

「自前で？」

「ほかの米屋より安く売っていたそうです。それでみるみる客が増えて、いまじゃ雇《やと》い人を八人も抱えるほどの大店《おおだな》に……」

「この世知辛《せちがら》いご時世に、安い米を売るとは、奇特な商人がいたものだな」

皮肉な笑みを浮かべて、唐十郎は歩度《ほど》を速めた。と、そのとき、

「田坂さん」

ふいに背後から声がかかった。振り返ると、菅笠をかぶった武士が足早に歩み寄ってきた。西崎伊織である。

「おう、伊織どの」

「先日は、わざわざお訪ねくださって、ありがとうございました」

律儀《りちぎ》に礼をいう伊織に、丈吉がぺこりと頭を下げて、

「お侍さん、いつぞやはどうも」

「あのときの船頭か」

「丈吉と申しやす」

「田坂さん、いや、千坂さんの手先をつとめているそうだな」

「へい」

「その節は世話になった。あらためて礼をいう」

「なァに、礼にはおよびやせんよ」

「立ち話は人目につく。歩きながら話そう」

小声でそういうと、唐十郎はちらりとあたりを見廻し、伊織と丈吉をうながして足早に歩き出した。しばらく無言で歩きつづけたが、三河町の大通りから鎌倉《かまくら》河岸に出たところで、唐十郎がふと足をゆるめ、

「伊織どの」

と背後の伊織を振り返った。伊織が歩を速めて、唐十郎の横に並んだ。

「おぬしも結城屋の様子を見にきたのか」

「はい。結城屋が安い米を売っていると聞いたので、あるじから米の出所を聞こうと思っていたのです。ところが、その矢先に……」

「昨夜の事件が起きた」

伊織は無念そうにうなずいて、

「どうやら先手を打たれたようです」

「おぬし、山城屋という米問屋を知っているか？」

「いえ」

「その店のあるじも、ゆうべ何者かに殺された」

「何ですって」

菅笠の下の伊織の顔が硬直した。

「ただの偶然ではあるまい」

一瞬の沈黙のあと、伊織が訊いた。

「山城屋というのは、どこの米問屋ですか」

「日本橋因幡町の米問屋です」

応えたのは、丈吉である。

「日本橋？」

「それがどうかしたのか？」

「日本橋の米屋は、須山さんが調べていたはずなのですが」

「ひょっとすると……」

唐十郎が思案顔でいった。

「倉橋一味に勘づかれたのかもしれんな」

「とすれば、一刻も早く須山さんにそのことを知らせなければ……」

「須山とは連絡《つなぎ》が取れるのか」

「はい。五日おきに浅草の小料理屋で会うことになっております」

「今度会うのは、いつだ？」

「明日の晩です」

「そうか。くれぐれも用心するよう伝えてくれ」

「かしこまりました。では、わたしはここで」

「伊織どの」

　唐十郎が呼び止めた。

「柳橋の船着場にいけば丈吉に会える。何か困ったことがあったら丈吉にいってくれ」

「お心づかいありがとうございます。では」

　と一礼して、伊織は小走りに去っていった。

　馬喰町一丁目の四辻で丈吉と別れたあと、唐十郎は重蔵の店『稲葉屋』を訪ねた。

「やあ、旦那」

作業台で付木《つけぎ》に硫黄《いおう》を塗っていた重蔵が顔を上げた。

「精が出るな」

「この商売は、冬場が稼《かせ》ぎどきですからねえ」

重蔵はにやりと笑い、手拭《てぬぐ》いで手を拭《ふ》きながら座布団《ざぶとん》を差し出した。

相変わらず店の中には硫黄の臭いが充満している。

気を利《き》かして、重蔵が窓の障子を引き開けた。

冷ややかな空気が流れ込んできて、硫黄の臭いが薄れてゆく。

茶でもいれやしょう、と奥に去ろうとする重蔵を、

「かまわんでくれ」

と制して、唐十郎がいった。

「もう、おまえさんの耳にも入っていると思うが……」

「何のことですかい？」

「ゆうべの事件だ」

「ああ、山城屋のあるじと結城屋のあるじ夫婦が殺されたって事件ですね」

さすがは下座見《げざみ》（情報屋）の重蔵である。ずばりいい当てた。

「下手人は三人組の浪人者だそうだ」

「金目当ての押し込みと聞きやしたが」

「違うな」

唐十郎は言下に否定した。

「違う？……てえと、ほかに何か別のねらいでも？」

「口封じだ」

「口封じ？」

いぶかしげに訊き返す重蔵に、唐十郎は幕府廻米の横領の件を話した。

「へえ」

驚くよりも、なかば呆れ顔で重蔵がつぶやいた。

「倉橋監物と廻船問屋の興津屋がつるんで公儀の米をくすねてたとは……」

「その廻米の横流し先が山城屋と結城屋だったのだ」

「なるほど」

重蔵の目がきらりと光った。

「それで話の筋が通ってきやしたね」

「ところで重蔵、その後、何かわかったか？」

「へい」

重蔵が膝《ひざ》を進めた。

「興津屋は、二年ほど前から、長崎廻船にも手を出していたそうで」

「長崎廻船?」

「唐物《からもの》を買いつけていたそうですよ」

唐物とは、いまでいう舶来品のことである。

「その唐物に阿片《あへん》を隠して江戸に運んでいたんじゃねえかと、あっしはそう見てるんですが、確かな証拠はありやせん」

「二年前か……」

「三月《みつき》に一度、江戸と長崎を行き来してたそうですから、相当の量の阿片を買い込んでいたんじゃねえでしょうか」

「仮に一回十斤《きん》としても、二年間で八十斤ということになるな」

「へえ」

「それだけ大量の阿片が江戸に出廻れば、町奉行所も放ってはおかんだろう」

「町方《まちかた》どころか、公儀も黙っちゃいやせんよ」

「興津屋はそれを恐れて、小出しに売りさばいていたに相違ない。現に常吉の家から見つかった阿片は五十匁《もんめ》にも満たない量だった」

「五十匁でも十二、三両の金にはなりやすからね。ぼろい儲《もう》けですよ」

「巳之助と伊左次、常吉の三人が、この二年間で売りさばいた阿片の量はどのぐらいになると思う？」

「せいぜい二、三十斤といったところでしょう」

「とすれば、まだかなりの量の阿片が興津屋の船蔵に眠っているはずだ」

「あ、そうか！」

重蔵がポンと手を打った。

「その手がありやしたね」

三

『興津屋』の船蔵は、鉄砲洲の船着場から半丁も離れていない蔵通りにあった。

通りの両側には、本湊町に店を構える廻船問屋や海産物問屋、船主などの船蔵が立ち並び、蔵の白壁にはそれぞれの屋号や代紋が記されている。

昼間は船荷を満載にした大八車や駄馬、勇み肌の人足などがひっきりなしに行き交い、戦場《いくさば》のような喧騒《けんそう》につつまれるこの通りも、夜のとばりが降りると同時に、不気味なほどの静寂に領される。

風もなく、おだやかな夜だった。

夜空にぽっかり浮かんだ半月が、通りの路面を蒼《あお》く染めている。

その蒼い闇の中に、音もなく人影がよぎった。

黒布の頬《ほお》かぶりに黒の筒袖《つつそで》、黒の股引《ももひ》きという全身黒ずくめの男——重蔵である。

重蔵が足を止めたのは、興津屋の船蔵の前だった。

あたりを素早く見廻し、蔵の戸前口《とまえぐち》にかがみ込むと、重蔵はふところから細い鉤針《かぎばり》を取り出し、錠前の鍵穴に差し込んだ。元盗《ぬす》っ人《と》だけに、その手際は見事である。

寸秒もたたぬうちに、カチッとかすかな音がして錠前がはずれた。

観音開きの分厚い塗籠戸《ぬりごめど》を、ゆっくり引き開けると、重蔵は闇に向かって高々と手を上げた。それを合図に、蔵の横の路地からひらりと人影が躍《おど》り出てきた。

黒羽二重《くろはぶたえ》に黒の裁着袴《たっつけばかま》という、これも全身黒ずくめの千坂唐十郎である。

二人は無言で顔を見交わし、蔵の中に飛び込んだ。

中は真っ暗闇である。重蔵がふところから胴火《どうび》（懐炉《かいろ》のようなもの）を取り出し、その火種で油紙に火を点けた。蔵の中にぽっと淡《あわ》い明かりが散った。三方の壁ぎわに俵や大樽《おおだる》、菰《こも》包み、木箱などが山積みになっている。

唐十郎の目が蔵の奥の木箱に向けられた。

よく見ると、それはただの木箱ではなかった。鉄製の枠金《わくがね》や帯金《おびがね》で補強された、ひときわ大きくて頑丈そうな木箱である。しかも、箱の蓋には南京錠が掛けられている。

重蔵が素早く歩み寄って、南京錠の鍵穴に鉤針を差し込んだ。鍵はすぐにはずれた。

木箱の中には、高麗焼《こうらいやき》の大きな壺《つぼ》が五個入っていた。高さ二尺（約六十センチ）ほどの象嵌青磁《ぞうがんせいじ》の壺である。

唐十郎が壺の蓋を開けて中をのぞき込んだ。

「案の定だ」

壺の中身は茶褐色の粉末——まぎれもなく阿片だった。

そのころ——。

『興津屋』の離れでは、あるじの茂左衛門と志賀仙八郎、山室半兵衛、仙石左内の四人が酒を酌み交わしていた。

「みなさま方のおかげで、今度こそ、きれいさっぱり片付きました。これで倉橋さまにも顔向けができます。本当にありがとうございました」

茂左衛門が満面の笑みで三人に酌をする。

「だがな、興津屋」

志賀が酒で濁《にご》った目をぎろりと向けた。

「世の中、思わぬところに落とし穴があるものだ。安心するのはまだ早いぞ」

「それは手前も重々……」

「承知しているか？」

山室が薄笑いを浮かべて、上目づかいに茂左衛門を見た。

「はい。油断は大敵と申しますからねえ」

「ならば、わかっておろうのう」

仙石がいった。

「は？」

一瞬、茂左衛門にはその意味が理解できなかった。

「備えあれば憂《うれ》いなし、ということよ」

「ああ、……は、はい」

要するに、三人を引きつづき用心棒として雇えといっているのである。

「もちろん、手前もそのつもりで」

「ふふふ……」

志賀が薄く笑っていった。

「どうやら、おぬしとは長い付き合いになりそうだな」

「今後ともよろしくお付き合いのほどを」

茂左衛門は深々と頭を下げて、志賀の盃に酒を注いだ。

と、そのとき、渡り廊下にあわただしい足音がひびいて、

「旦那さま」

襖越しに番頭の声がした。

「どうした？」

「船蔵に何者かが忍び込んだようでございます」

「なに！」

茂左衛門が目を剝《む》いた。

「たったいま、夜廻りの者から知らせが入りました」

「盗っ人か」

志賀の顔に緊張が奔《はし》った。

「よし」

と刀を拾《ひろ》って立ち上がったのは、山室半兵衛である。

「わしが見に行こう」

「わしも行く」

仙石も刀をつかみ取って、腰を上げた。

船蔵の中では、唐十郎と重蔵が五つの高麗壺の中身をあらためていた。

いずれも中身は阿片である。壺に蓋をしながら、

「壺一個で十斤はありそうだな」

唐十郎が小声でいった。

「締めて五十斤か。大変な量でござんすね」

「重蔵」

ふいに唐十郎の目が動いた。表にひたひたと足音がひびく。

重蔵はすぐさま紙燭《しそく》の火を吹き消して、ふところに飲んだ匕首《あいくち》を引き抜いた。

「おまえさんは、ここにいてくれ」

いいおいて、唐十郎は戸前口に走った。足音が近づいてくる。

「誰かいるのか！」

胴間声《どうまごえ》がひびくのと、唐十郎が外に飛び出すのとがほぼ同時だった。

「く、曲者《くせもの》！」

山室と仙石が肝を飛ばして、数歩跳びすさった。

二人とも反射的に刀を抜いている。その前に唐十郎がぬっと立ちはだかった。

「興津屋に雇われた山犬どもか」

「き、貴様、何者だ！」

わめきながら、山室が刀を正眼《せいがん》に構えた。

唐十郎は無言。だらりと両手を下げたまま、二人を凝視している。

「どうやら盗っ人風情ではなさそうだな」

仙石がくぐもった声でいった。

「貴様、何を探りにきた？」

「仇を討ちにきた」

「仇？」

「南町奉行所定町廻《じょうまちまわ》り同心・杉江辰之進の仇だ」

「き、貴様、なぜ、それを……」

「語るに落ちたな」

「なに」

「杉江を斬ったのは、やはりおまえたちだったか」

「ええい、問答無用だ！」

叫ぶと同時に、二人は左右に跳んだ。

右に山室、左に仙石。構えはいずれも正眼だが、体をやや右に開き、腰を低く落としている。その構えから二人とも尋常な剣の使い手でないことは一目でわかった。

流派も流儀もない、攻撃一点張りの人殺しの剣である。

唐十郎は、あいかわらず両手を下げたまま、微動《びどう》だにしない。

山室と仙石が、切っ先をかすかに揺らしながら、じりじりと間合いを詰めてきた。

仙石の足がわずかに一足一刀《いっそくいっとう》の間境《まざかい》を越えた。

そのときである。

「死ね！」

怒声を発して、山室が右から斬り込んできた。

だが、この瞬間、唐十郎はまったく逆の反応を見せた。斬り込んできた山室に背を向けて体を反転させるや、抜きつけの一刀を左に放ったのである。

「わっ！」

と悲鳴を上げて、のけぞったのは仙石だった。

山室が右から斬り込むと見せかけて、仙石が左から斬りかかったのである。

だが、唐十郎は一瞬裡《いっしゅんのうち》にそれを見抜いていた。

「お、おのれ！」

山室は完全に度を失っている。振りかぶった刀を力まかせに叩きつけてきた。

キーン！

鏘然《そうぜん》と鋼《はがね》の音がひびきわたり、闇に火花が散った。

刹那《せつな》、きらりと何かが宙に舞い、山室の足元に落下した。

「げっ」

山室の口から奇声が洩れた。折れた刀が右足の甲に突き刺さっている。

「う、うう……」

うめきながら必死に身もがく山室の顔面に、唐十郎の刀が凄《すさ》まじい勢いで振り下ろされた。真《ま》っ向唐竹割《こうからたけわ》りの一刀である。

ガツン！

と鈍い音がして、山室の頭蓋《ずがい》が真っ二つに割れ、血潮《ちしお》とともに白い脳漿《のうしょう》が飛び散った。

ふうっ。

肩で大きく息をととのえると、唐十郎は刀の血ぶりをして鞘《さや》に納め、ゆったりと背を返した。船蔵の戸前口から重蔵が顔をのぞかせている。

「お手並み拝見いたしやした」

重蔵が黄色い歯を見せてにっと笑った。

「阿片の始末、頼んだぞ」

いいおくと、唐十郎はひらりと身をひるがえして闇の深みに去っていった。

「山室さまと仙石さま、遅うございますな」

酒杯を口に運びながら、茂左衛門が心配そうにつぶやいた。

「案ずるにはおよばぬ」

志賀は恬《てん》として気にもかけず、

「あの二人の手にかかれば、盗っ人の一人や二人造作《ぞうさ》もあるまい。おっつけもどってくるだろう」

と酒膳の徳利《とっくり》を手に取って二、三度振りながら、

「それより、興津屋。酒がないぞ」

「は、はい。ただいま」

茂左衛門があわてて腰を上げた、そのときである。

「あの二人、もうここへはもどってくるまい」

庭に面した障子の向こうから、突然、野太い声がひびいた。

「だ、誰だ！」

振り向きざま、志賀は刀をつかみ取って立ち上がり、がらりと障子を開け放った。

庭の植え込みの暗がりに、黒影が仁王立ちしている。

「貴様は……！」

「闇の始末人」

「幕府廻米の横領、阿片の密売、同心殺し。三つの罪でおまえたちを裁きにきた」

「な、なんだと！」

「たわけたことを！」

吐き捨てるなり、志賀は刀を抜き放って濡《ぬ》れ縁《えん》に立った。

植え込みの奥から、黒影がゆっくり歩み出てきた。唐十郎である。

志賀は正眼に構えた刀を右八双に変え、鋭い目で唐十郎を射すくめた。

「どこの馬の骨か知らんが、貴様ごとき痩《や》せ浪人にこのわしが討《う》てると思うか」

「…………」

無言のまま、唐十郎は一歩一歩、濡れ縁に近づいてくる。

両者の距離が一間に迫った。唐十郎がさらに一歩踏み出そうとすると、

「おうりゃ！」

異様な雄叫《おたけ》びを上げて、志賀が濡れ縁を蹴って高々と跳躍した。

さながら怪鳥《けちょう》の飛翔《ひしょう》だった。

唐十郎の頭上に刃唸りを上げて白刃が降ってきた。並の人間なら、到底かわすことのできない速さであり、勢いだった。

だが、そこに唐十郎の姿はなかった。

間一髪、横に跳んで切っ先を見切ったのである。同時に目にも留まらぬ速さで抜刀し、下から斜め上に薙《な》ぎ上げていた。

「ぎえっ」

奇声を発して、志賀が着地した。その足元にドサッと音を立てて何かが落下した。

刀をにぎったまま右臂《ひじ》で切断された志賀の腕だった。

「わ、わしの右腕が……」

茫然《ぼうぜん》と立ちすくむ志賀の頭上に、唐十郎の二の太刀が振り下ろされた。

地響きを立てて、志賀の体が仰向《あおむ》けに転がった。

唐十郎はすぐさま体を返して、濡れ縁に駆け上がった。

目の前で起きた凄惨《せいさん》な光景に肝をつぶしたか、茂左衛門が尻餅《しりもち》をつくような形で座敷のすみにへたり込んでいる。

唐十郎は血刀を引っ下げて、その前に立った。

「か、金ならいくらでもやる。い、命だけは助けてくれ」

絞り出すような声で、茂左衛門が命乞いする。

「おれが欲しいのは金ではない。貴様の命だ」

唾棄《だき》するようにそういうと、唐十郎は刀を上段に振りかぶり、叩きつけるように振り下ろした。拝み打ちの一刀である。

凄まじい勢いで血が噴出し、茂左衛門の首が蹴鞠《けまり》のように畳の上に転がった。

と、そのとき……、
突然、表が騒がしくなった。

唐十郎は離れを飛び出し、庭を横切って、裏木戸から路地に走り出た。

蔵通りに入り乱れた足音がひびき、怒号や怒声が飛び交っている。

「火事だ。火事だ！」

「火元はどこだ！」

「興津屋の船蔵から火が出たようだぜ」

阿片を焼却するために、重蔵が蔵に火を放ったのである。

漆黒《しっこく》の夜空に紅蓮《ぐれん》の炎が舞い上がった。

飛び交う怒声を背中に聞きながら、唐十郎は路地の闇をぬって走り去った。

四

翌日の昼下がり、唐十郎は網代笠をかぶって湯島の家を出た。

向かった先は、日本橋堀留の料亭『花邑』である。

つい半刻前に公事宿《くじやど》『大黒屋』の番頭・与平から、八ツ（午後二時）ごろ、『花邑』にお越しいただきたい、と言伝てを受けたからである。

この日は朝から空がどんよりと曇り、一段と冷え込みが厳しかった。師走《しわす》も、もう半《なか》ばである。

往来の人々が寒そうに背を丸めて、あわただしげに行き交っている。

『花邑』に着いたのは、八ツを少し過ぎたころだった。

顔なじみの仲居にいつもの座敷に案内されると、先にきていた宗兵衛が火鉢《ひばち》で暖をとりながら待っていた。座敷には酒肴《しゅこう》の膳部がととのっている。

「待たせたな」

唐十郎が着座すると、宗兵衛は恐縮するように低頭して、

「手前も今し方着いたばかりで……。まずは一献」

と酌をした。風邪が治ったのか、先日会ったときより顔の色艶《いろつや》もよくなっている。

「今朝方《けさ》、重蔵さんから知らせがございましたよ」

「昨夜の一件か」

「はい。おかげで杉江さまのご無念を晴らすことができました。ありがとうございました」

宗兵衛は丁重に頭を下げ、懐中から袱紗《ふくさ》包みを取り出して開いた。

中には八両の金子《きんす》が入っている。

「仕事料でございます」

「八両？」

「今回は思いのほか厄介《やっかい》な仕事でしたので、些少《さしょう》ながら上乗せさせていただきました」

「それはすまんな」

唐十郎は軽く頭を下げ、

「ありがたく項戴《ちょうだい》しておこう」

と八両の金子を無造作につかみ取って、ふところに納めた。

「それはそうと……」

宗兵衛が気がかりそうな目で唐十郎を見た。

「倉橋一味の動き、その後、どうなりましたか？」

「いまのところ表立った動きはないが、おれの知らぬところで探索はつづいているはずだ。まだまだ油断はならんな」

「これからどうなさるおつもりで？」

「相手の出方次第だ」

「向こうがあきらめて手を引くということは考えられませんか」

「それはあるまい。倉橋は執念深い男だ。どこに逃げようが、どこに隠れようが、地の果てまで追いつづけるだろう」

「気の重いことですな」

「いずれ決着をつけなければ……」

おのれにいい聞かせるように、唐十郎は低くつぶやいた。そして、その決着のときが間近に迫っていることを、本能的に予感していた。

倉橋監物が藩邸内の役所での執務を終えて、侍屋敷にもどってくると、目付《めつけ》頭《がしら》の権藤弥九郎と配下の小関甚内が奥書院で待ち受けていた。

「どうだった?」

もどかしげに肩衣《かたぎぬ》を脱《ぬ》ぎながら、監物が急《せ》き込むように訊いた。

「噂どおりでございました」

権藤が昨夜の事件の噂を耳にしたのは、一刻(二時間)前だった。それを確かめるために小関とともに鉄砲洲に向かい、たったいまもどってきたところである。

「本湊町の番屋の者の話によりますと、あるじの茂左衛門と三人の浪人が何者かに斬殺され、船蔵に火がかけられたそうでございます」

「船蔵に火が? ……というと、物盗りの仕業《しわざ》か?」

「確かなことはわかりませんが」

小関が神妙な面持ちで応える。

「町奉行所は、一応物盗りと怨《うら》みの筋の、両面で調べを進めているようで」

「茂左衛門も欲の深い男だったからな。怨みの筋は山ほどあろう」

監物の声には同情のかけらもない。

「そもそも阿片などに手を出したのが間違いのもとだったのだ」

「闇商人同士の争い、ということも考えられますな」

権藤が思案顔でいった。

江戸には、法の網《あみ》をくぐって金儲けを企《たくら》む闇商人が掃《は》いて捨てるほどいる。そういう連中が茂左衛門の裏商いを指をくわえて黙って見ているわけはない。茂左衛門を殺し、阿片を横取りするぐらいのことは平気でやってのけるだろう、と権藤はいつのった。

「いずれにせよ――」

監物が口の端にせせら笑いを浮かべて、

「茂左衛門は少々図に乗りすぎた。自業自得よ」

「しかし、我らにとっては好都合」

権藤も追従笑《ついしょう》いを浮かべていった。

「これで秘密を知る者は、すべてこの世から消えたわけですからな」

「いや、まだ一人残っている。目障《めざわ》りな男がな」

「目障り？」

「西崎伊織だ」

「それでしたら、ご心配にはおよびません」

「何かわかったのか？」

「あの男は、すでに我らの手の内に……」

いいさしたとき、廊下に足音がひびき、

「権藤さん、須山が藩邸を出ました」

襖越しに声がした。神崎玄蔵の声である。

「よし」

うなずくと、権藤と小関が刀を持って同時に立ち上がった。

藩邸を出て呉服橋を渡ったところで、須山栄三郎はふっと夜空を見上げた。

白いものがちらほらと舞っている。

「雪か……」

ぽつりとつぶやくと、須山は両手をふところに差し込んで足を速めた。

浅草田原町に着いたのは、六ツ半（午後七時）ごろだった。

通りの両側に立ち並ぶ商家や小店のほとんどは、すでに明かりを消して寝静まっていたが、田原町三丁目の一角には、いくつか明かりを灯している店があった。

居酒屋や小料理屋、煮売《にう》り屋などの明かりである。

須山が向かったのは、『笹屋』の軒行燈《あんどん》を灯した小料理屋だった。

間口三間ほどの小さな店である。

のれんを分けて中に入ると、須山は警戒するような目で店内を見廻した。

客は四、五人。近隣の商家の奉公人や居職《いじょく》の職人らしき男たちである。

須山の目が奥の小座敷に向けられた。

衝立《ついたて》の陰にちらっと武士の姿が見える。それを確認して須山は小座敷に足を向けた。

「須山さん」

振り向いたのは、西崎伊織だった。

「待ったか？」

「いえ、いま着いたばかりです」

伊織の前には、運ばれてきたばかりの膳部が二つ置いてある。

須山は小座敷に上がり、膳の前に腰を下ろした。

「冷えますね。今夜も」

「雪がちらついてきたぞ」

「道理で……」

「外は凍《い》てつくような寒さだ」

「これで体を温めてください」

伊織が燗酒《かんざけ》を須山の猪口に注いだ。

「うまい」

須山は喉《のど》を鳴らして一気に飲み干した。

「冷えた体には燗酒が何よりだ。五臓六腑《ごぞうろっぷ》にしみわたる」

「ところで、須山さん」

数杯酌み交わしたところで、伊織が切り出した。

「米問屋の山城屋と結城屋のあるじが殺された事件、ご存じですか」

「ああ、二軒ともおれが目をつけていた米問屋だ」

「興津屋の仕業に相違ありません」

「その興津屋だがな」

須山は飲み干した猪口をゆっくり膳にもどした。

「ゆうべ何者かに殺された」

「え！」

思わず息を呑んだ。

「まことですか、それは」

「残念ながら、事実だ」

「…………」

伊織は絶句し、落胆するように肩を落とした。

「これで倉橋の不正を裏付けるものはすべて消えた。無念の思いはあるが、おれ一人の力では、もうどうすることもできん」

「まさか、手を引くとでも……？」

「これ以上どうしろというのだ」

「しかし」

「伊織、悪いことはいわぬ。おぬしも国元に帰ったほうがいい」

「いいえ、わたしは最後までやり抜きます」

悲痛ともいえる声だった。

「意地を張るな。国元に帰って、お父上に事情を話せば、きっとわかってくれる」

「倉橋の悪事を不問に付《ふ》せとおっしゃるんですか」

「手立てはつきたのだ。おれを責めて気がすむなら、好きなだけ責めるがよい」

「いいえ、須山さんを責めるつもりはありません。責めるどころか、須山さんには心から感謝しています。本当にありがとうございました」

「伊織」

悲しみに満ちた目で、伊織を凝視した。

「どうしても、江戸にとどまるというのか」

「はい。いざとなれば刺し違えてでも、倉橋を江戸留守居役《るすいやく》の座から引き下ろすつもりです」

「本気でそう思っているのか」

「わたしは本気です」

「そうか。おぬしにそれほどの覚悟があるなら、もう何もいうまい」

須山は手酌で酒を注ぎ、カッとあおった。

重苦しい沈黙が流れた。これ以上話し合っても平行線をたどるだけだという虚《むな》しさを、須山も伊織も痛いほど感じていた。

四本の燗酒が空《から》になったとき、須山がようやく口を開いた。

「おぬしとは、もう二度と会えぬかもしれぬ。いや、会わぬほうがいいだろう。そのほうがお互いのためだ」

「わたしもこれ以上、須山さんにご迷惑をおかけするつもりはありません」

「では、これが最後の夜だ。河岸《かし》を替えて飲み直さんか」

「この近くにご存じの店があるんですか？」

「うむ。うまい魚を食わせる店がある。行こう」

伊織をうながして、須山は席を立った。

五

田原町の路地を抜けて、東本願寺の前の通りに出た。

この通りは、俗《ぞく》に「門跡前《もんぜき》」という。右手に東本願寺の表門があり、その寺領地を長大な土塀《どべい》が囲繞《いにょう》している。通りの左側は大小の伽藍堂宇《がらんどうう》がひしめく寺町である。

「さっきより降ってきたな」

歩きながら、須山が恨めしそうに上空を仰《あお》ぎ見た。

大粒の雪がしんしんと降っている。身を切るような寒さである。

寺の甍《いらか》や土塀の上、参道の石畳には、もう薄《うっす》らと雪が降り積もっていた。

「すっかり酔いが醒《さ》めてしまいましたね」

煙のように白い息を吐きながら、伊織がいった。

「もうすぐだ。急ごう」

須山が背を丸めて、足を速めた。

門跡前を西に五丁ほど行くと、前方に小さな木橋が見えた。

新堀川《しんぼり》に架かる菊屋橋《きくや》である。

橋の東詰にさしかかったところで、伊織はけげんそうにあたりを見廻した。

飲み屋の明かりはおろか、民家らしき家もほとんど見当たらない。

川の両岸に連なる家並みは、幕府の下級武士の小屋敷である。

「こんなところに酒を飲ませる店があるんですか」

「すまんな、伊織」

聞き取れぬほど小さな声でそういうと、須山はふいに身をひるがえし、小走りに橋を駆け渡っていった。一瞬、何が起きたのか、伊織には理解できなかった。

「須山さん！」

追おうとすると、突然、行く手に三つの影が立ちふさがった。

権藤弥九郎と小関甚内、神崎玄蔵である。

「ま、まさか、須山さんが……！」

「ふふ、やっと気づいたようだな。伊織」

「こ、これは罠《わな》だったのか！」

「貴様は深入りしすぎた。死んでもらおう」

三人が同時に抜刀した。

「卑劣《ひれつ》な！」

叫びながら、伊織も抜いた。

先陣を切って、小関が斬り込んできた。それを刀の峰ではじき返し、すぐ体を反転させた。神崎が突進してくる。突きの剣である。横に跳んでかわした。

小関が執拗《しつよう》に斬りかかってくる。

打ち合うこと数合。その隙《すき》に神崎が背後に廻り込んだ。前後からの挟撃である。

波状にくり出される白刃を、右に左にかわしながら、横ざまに走った。

相手は三人。まともに立ち向かったのでは勝ち目はない。

何とかこの場を切り抜けなければ――。それしか頭になかった。

捨て身で走った。不幸はこの瞬間に起こった。

地面に降り積もった雪で、足をすべらせたのである。

小関と神崎はその機を逃さなかった。

前のめりになった伊織の背中に、小関の刀が飛んできた。体をひねってかろうじてかわしたが、神崎の側面からの斬撃《ざんげき》はさすがにかわし切れなかった。

右脇腹に焼きつくような痛みが奔った。

その痛みに耐えながら、最後の気力を振り絞って走った。

権藤が追いすがりざま、袈裟がけの一刀を背中に叩きつけた。

ぴゅっ。

と音を立てて噴出した血が、地面に降り積もった雪を真っ赤に染めた。

伊織の上体がぐらりとのめり、頭から新堀川に転落していった。

ざぶんと水音が立つ。

小関が川っ縁に走って、暗い水面《みなも》をのぞき込んだ。

波紋の中に無数の血泡が浮いている。だが、そこに伊織の姿はなかった。

「見当たりませんな」

「川底に沈んだか」

「どのみち、あの傷じゃ生きてはおらんでしょう」

川面《かわも》をのぞき込んでいる三人の背後に、いつの間にか、須山が立っていた。

気配に気づいて権藤が振り返った。

「おう、須山か。ご苦労だったな」

「伊織は……、死んだんですか？」

沈痛な表情で、須山が訊いた。

「おぬしが気にすることはない」

「阿部川町《あべかわ》の『桐之屋《きりのや》』で倉橋さまが待っている。さ、行こう」

小関にうながされて、須山はよろよろと歩き出した。

四人が立ち去ってからほどなくして、菊屋橋の下に何かがぽっかりと浮かび上がった。

伊織の頭である。顔半分を水につけ、仰向けの状態で浮いている。

両目は固く閉ざされ、血の気を失った顔は紙のように白い。一見死人のような面相だが、鼻孔がかすかに動いているところを見ると、まだ息はあるようだ。

ふうーっ。

突然、伊織の口から大きな息が洩れ、同時にぽかっと両目が開いた。

両腕と両足もかすかに動いている。それは無意識裡の動きではなく、沈みかけた体を浮かせるための意識的な動きだった。

両手でゆっくり水をかきながら岸辺に泳ぎつくと、全身の力を振り絞って枯れ草にしがみつき、必死に土手を這《は》い上がった。

全身ずぶ濡れである。右脇腹と背中からおびただしい血が流れ出ている。

雪はまだ降りつづいていた。

身も心も凍てつくような寒さである。

だが、伊織はもはやその寒さを感じなかった。いや、寒さだけでなく、右脇腹と背中の傷の痛みも感じなかった。神経が麻痺《まひ》しているのだ。そして、ある意味でそれは幸運なことだった。肉体的な苦痛から解放されるからである。

川岸の草むらで、薪雑棒《まきざっぽう》を拾った。

それを杖代わりにして、伊織は降りしきる雪の中を必死に歩きつづけた。

どれほどの距離を歩いたか。

どのへんを歩いているのか。

まったく見当もつかなかった。意識が朦朧《もうろう》として、視界もぼやけている。

体力と気力は、すでに限界に達していた。

(もはや、これまでか)

とあきらめかけたとき、目の前にまばゆいばかりの明かりが差し込んできた。

その明かりに手を伸ばしたとたん、伊織の体が前のめりに崩れ落ちていった。

「伊織さま！」

薄れる意識の中で、伊織は女の叫び声を聞いた。

「伊織さま！　どうなさったんですか！」

お佐代が必死に伊織の体を抱え起こしている。そこはお佐代の長屋の三和土《たたき》だった。

「お佐代か」

伊織の目にぼんやりとお佐代の顔が映っている。

「ひどい傷。早く手当てをしなければ……」

「手当てはいらん」

「でも」

「それより、これからおれが話すことを……、しっかり聞いていてくれ」

「どんなことでしょう」

「す、須山さんに……、裏切られたと……」

「須山さまに！」

「阿部川町の……、『桐之屋』に倉橋一味がいる、と……」

「それを誰に伝えればいいんですか」

「柳橋の船着場に……、丈吉という船頭がいる。その男に……」

そこでぷっつり言葉が途切れた。

「伊織さま！」

返事はなかった。

「伊織さま！　伊織さま！　死なないで！　死なないでください！」

叫びながら、伊織の体を抱きしめた。氷のように冷たい体だった。首の血脈はもう止まっている。それでもお佐代は伊織の死が実感できなかった。

まるで生きているかのように、おだやかな死に顔である。

お佐代は伊織の体をかき抱いて号泣した。

だが、泣いても泣いても、伊織を失った悲しみが癒《いや》されることはなかった。


雪が本降りになってきた。

柳橋の船着場周辺は、すっかり雪景色である。

時刻はまだ五ツ（午後八時）を廻ったばかりだが、さすがにこの夜は吉原にくり出す客もなく、暇《ひま》を持てあました猪牙舟《ちょきぶね》の船頭たちは、船宿の船子溜《ふなこだ》まりに引っ込んで油を売っていた。猪牙舟の船頭にかぎらず、どの船宿も夕方からは開店休業状態だった。

そんな折も折、無人の船着場に一艘の猪牙船がすべり込んできた。

栈橋《さんばし》に上がってきたのは、丈吉だった。

幸運なことに、丈吉だけが深川通いの客にありつけたのである。その客を深川佐賀町まで送り届けて、もどってきたところだった。

「今夜はこれでしまいだな」

ほかの舟は胴の間に雪よけの筵をかけて、明日の商売に備えている。

丈吉も舟を栈橋にもやい、胴の間に筵をかけて引き揚げることにした。

船着場の石段を登りかけたとき、丈吉の足がはたと止まった。

石段の上に、傘も差さず佇立《ちょりつ》している女がいた。

「どうしたい？　そんなところで」

女が振り向いた。お佐代である。

「丈吉さんですか？」

「ああ、おめえさんは……？」

「佐代と申します」

「おれに何か用かい？」

「伊織さまの言伝てを持ってまいりました」

「伊織？　西崎伊織さんのことかい？」

「ええ」

「立ち話もなんだから、あの舟小屋でゆっくり話を聞こう」

と佐代をうながして、船宿の裏手の舟小屋に向かった。


それから一刻半（三時間）後――。

江戸の町は一面銀世界と化していた。

このまま降りつづけば、何十年ぶりかの大雪になるだろう。

浅草新堀川の河畔も白一色に塗りつぶされていた。

漆黒の夜空。降りしきる雪。白銀をいただいた家並み。河畔の柳並木。黒い帯のように流れる新堀川。さながら水墨画のように淡い景観をかもし出している。

雪の夜は静謐《せいひつ》そのものである。

人声はおろか、物音一つ聞こえてこない。

その静寂が河畔の雪道をさくさくと踏みしめる足音を際立たせた。

傘を前かざしにした武士が、重い足取りで歩いてくる。

須山栄三郎だった。阿部川町の料亭『桐之屋』で、倉橋監物や権藤弥九郎たちと酒を飲んでの帰りである。

その席で須山は、西崎伊織を裏切った見返りに、勘定方組頭への出世を約束された。

当初、須山は悩みに悩んだ。武士の矜持《きょうじ》を取るか。出世を取るか。

数日間悩んだ末に選んだのが後者だった。

何といっても、二百石から五百石取りへの出世は魅力だった。

須山には国元に妻子がいる。子供は七歳の男の子と五歳の女の子。まだ幼い。倉橋監物に逆らって一生冷や飯を食わされることになれば、子供たちにもつらい思いをさせることになる。そう考えたとき、須山は決心した。

心を鬼にして、出世を取ろう、と。

その目的は達したのだが、なぜか虚しかった。忸怩《じくじ》たる思いが胸の底にある。

酒席を中座して、先に帰途についたのは、そのためだった。

監物たちと同席していることに苦痛を覚えたのである。

（よくよしてもはじまらぬ。伊織のことは忘れよう）

気を取り直して、足を速めたときである。

突然、柳の木の陰からひらりと人影が飛び出してきて、行く手に立ちふさがった。

「！」

思わず傘を押し上げて、人影を凝視した。

網代笠を目深にかぶり、黒革の袖《そで》なし羽織に黒の裁付袴、全身黒ずくめの武士である。

「田坂さん！」

千坂唐十郎だった。

「わ、わたしに何か？」

「おぬしを斬りにきた」

「えっ！」

「西崎伊織の供養のためにな」

「な、なぜ、それを……」

「おぬしは出世と引き換えに、武士の魂を売った。大方そんなところだろう」

図星を差されて、須山は逆上した。

「脱藩《だっぱん》浪人にわたしの気持ちがわかってたまるか！」

「一つだけいっておこう。せめて最期は武士らしくきれいに死ぬことだ」

「ええい！　黙れ！」

わめくなり、傘を投げ捨てて抜刀した。その構えで技量が読めた。刀は脇構えである。これは防御の構えなのだが、須山はそのまま、雪煙を蹴立てて猛然と突進してきた。

切っ先が唐十郎の顔面を襲った、かに見えた瞬間、
しゃっ！

抜きつけの一刀が、左下から斜め上へと、逆袈裟に斬り上げていた。

須山の首から糸を引くように血がほとばしった。

どさっと音がして、雪煙が舞い上がった。

呆気ない勝負だった。一太刀《ひとたち》も交《まじ》えることなく、須山は倒れていた。

降りしきる雪が、須山の死体をみるみる白一色に包み込んでいった。

それからさらに一刻が経過したときである。

白く煙《けむ》る闇の奥に、おぼろげな人影が浮かび立った。

影は四つ。いずれも傘を差した武士である。

酔っているのか、ときおり甲高い哄笑《こうしょう》を上げながら、千鳥足で歩いてくる。

柳の木の陰で四人を待ち受けていた唐十郎は、網代笠のふちをぐっと引き下げて、雪道に歩を踏み出した。四人の足が止まった。

「な、なんだ、貴様！」

胴間声を発したのは、権藤弥九郎である。

「田坂清十郎」

「田坂！」

「そろそろ貴様たちと決着をつけようと思ってな」

「たわけたことを申すな！　貴様のほうこそ飛んで灯に入る夏の虫。ここで会ったが百年目だ。斬れ！　斬れい！」

倉橋監物の下知《げち》を受けて、三つの傘が雪空に舞った。

真っ先に斬り込んできたのは神崎だった。横殴りの一刀である。

唐十郎は片膝をついて切っ先をかわすと、屈曲した右足をばねにして高々と跳躍し、左から斬りかかってきた小関の脳天に刀の峰を叩きつけた。これは斬るためではなく、頭蓋を割るための刀法である。鈍い破砕音がした。

「ぎえっ！」

けだもののような悲鳴を上げて、小関は仰向けに転がった。

唐十郎の動きは、なおも止まらない。神崎の背後に着地すると同時に、手首を返して袈裟がけに斬り下ろした。切っ先が着物を裂き、背肉を深々と断った。

「おのれ！」

権藤が横合いから突いてきた。諸手《もろて》にぎりの刺突《しとつ》の剣である。

体をひねってこれをかわすと、下から上へ一直線に刀を薙ぎ上げた。

ぼたっと音がして、雪道に権藤の刀が落ちた。その柄《つか》にはにぎったままの両手首がからみついている。

手首のない両手を上下に振りながら、権藤は気が狂《ふ》れたように吠えまくっている。

まるで奴凧《やっこだこ》だった。

薙ぎ上げた刀を逆手《さかて》に持ち替え、すかさず権藤の肩口に突き刺した。

重い手応えがあった。切っ先が肩甲骨《けんこうこつ》をつらぬいて、心ノ臓に達したのである。

権藤の体が倒れるのを待たず、唐十郎は倉橋監物の前に立ちふさがった。

監物の顔からさっと血の気が引いた。

「ま、待ってくれ。わしはまだ死にたくない。刀を引いてくれ」

「おれは貴様の息子の仇《かたき》だ。さ、抜け」

「昔のことは水に流す。源吾のことはもう忘れてくれ」

「貴様とはいずれ決着をつけねばと思っていた。いまがそのときだ」

いいざま、刀を振りかぶり、真っ正面から一気に斬り下げた。

監物の額に赤い筋が奔った。眉間《みけん》が割れて白い脳漿が顔面にしたたり落ちた。

監物の体がゆっくり沈んでゆく。がくっと両膝が折れて、そのまま雪の中に前のめりに突っ伏した。降りそそぐ雪がみるみるその死体を包み込んでゆく。

(終わった。これで何もかも終わった)

胸のうちでつぶやきながら、唐十郎は上空を見上げた。

雪は一瞬のやみ間もなく降りつづいている。

路上を見渡すと、四人の死体は降り積もる雪におおわれて、ただの白い隆起になっていた。つい数瞬前の激闘が嘘《うそ》のように、何もかもが白一色に塗り込められている。

(おれの過去も、この雪がかき消してくれた)

この瞬間に、千坂唐十郎は新たな人生の一歩を踏み出したのである。

注・本作品は、平成二十年五月、学研パブリッシング（現・学研プラス）より
刊行されたものです。

公事宿始末人 斬奸無情

一〇〇字書評

切り取り線

購買動機（新聞、雑誌名を記入するか、あるいは○をつけてください）	
□（　　　　　　　　　　）の広告を見て	
□（　　　　　　　　　　）の書評を見て	
□ 知人のすすめで	□ タイトルに惹かれて
□ カバーが良かったから	□ 内容が面白そうだから
□ 好きな作家だから	□ 好きな分野の本だから

・最近、最も感銘を受けた作品名をお書き下さい

・あなたのお好きな作家名をお書き下さい

・その他、ご要望がありましたらお書き下さい

住所	〒				
氏名		職業		年齢	
Eメール	※携帯には配信できません	新刊情報等のメール配信を 希望する・しない			

この本の感想を、編集部までお寄せいただけたらありがたく存じます。今後の企画の参考にさせていただきます。Eメールでも結構です。

いただいた「一〇〇字書評」は、新聞・雑誌等に紹介させていただくことがあります。その場合はお礼として特製図書カードを差し上げます。

前ページの原稿用紙に書評をお書きの上、切り取り、左記までお送り下さい。宛先の住所は不要です。

なお、ご記入いただいたお名前、ご住所等は、書評紹介の事前了解、謝礼のお届けのためだけに利用し、そのほかの目的のために利用することはありません。

〒一〇一－八七〇一
祥伝社文庫編集長　坂口芳和
電話　〇三（三二六五）二〇八〇

祥伝社ホームページの「ブックレビュー」からも、書き込めます。
http://www.shodensha.co.jp/bookreview/

祥伝社文庫

公事宿《くじやど》始末人《しまつにん》 斬奸無情《ざんかんむじょう》

平成29年 7 月20日　初版第1刷発行

著　者　黒崎裕一郎《くろさきゆういちろう》

発行者　辻　浩明

発行所　祥伝社《しょうでんしゃ》
東京都千代田区神田神保町 3-3
〒101-8701
電話　03（3265）2081（販売部）
電話　03（3265）2080（編集部）
電話　03（3265）3622（業務部）
http://www.shodensha.co.jp/
印刷所　堀内印刷
製本所　ナショナル製本
カバーフォーマットデザイン　中原達治

 ISBN978-4-396-34338-5 C0193

祥伝社文庫の好評既刊

黒崎裕一郎　**必殺闇同心《ひっさつやみどうしん》**

名作ドラマ『必殺仕事人』を手がけた著者が贈る痛快無比の時代活劇。「闇の殺し人」仙波直次郎《せんばなおじろう》が悪を断つ！

黒崎裕一郎　**必殺闇同心　人身御供《ひとみごくう》**

四人組の辻斬りと出食わした直次郎は、得意の心抜流《しんぬき》居合で立ち会うものの……。幕閣と豪商の悪を暴く!!

黒崎裕一郎　**必殺闇同心　夜盗斬り**

夜盗一味を追う同心が斬られた。背後に潜む黒幕の正体を摑んだ直次郎の怒りの剣が炸裂！　痛快時代小説。

黒崎裕一郎　**必殺闇同心　隠密狩り**

妻を救った恩人が直次郎の命を狙った！　江戸市中に阿片《アヘン》がはびこるなか、次々と斬殺死体が見つかり……。

黒崎裕一郎　**四匹の殺し屋**　必殺闇同心

頸《くび》をへし折る。心ノ臓を一突き。さらに両断された数々の死体……。葬られた者たちには共通点があった！

黒崎裕一郎　**娘供養**　必殺闇同心

十代の娘が失踪、刺殺されるなど奇妙な事件が続くなか、直次郎の助ける間もなく娘が永代橋から身を投げ……。

〈祥伝社文庫　今月の新刊〉

富樫倫太郎
生活安全課0係《ゼロ》　**エンジェルダスター**
誤報により女子中学生を死に追いやった記者。五年後届いた脅迫状の差出人を0係は追う。

新堂冬樹
少女A
女優を目指し、AVの世界に飛び込んだ小雪。後ろ指さされようとも強く夢を抱き続けたが…。

平安寿子
オバさんになっても抱きしめたい
不景気なアラサーOL vs.イケイケなバブル女。女の本音がぶつかる痛快世代間バトル小説！

南　英男
闇処刑　警視庁組対部分室
〝暴露屋〟と呼ばれた野党議員の殺害。続発するテロと仕掛けられた罠とは!?

朝倉かすみ
遊佐《ゆさ》家の四週間
美しい主婦・羽衣子の家に幼なじみが居候。徐々に完璧な家族が崩れ始め……。

沢里裕二
淫奪　美脚諜報員　喜多川麻衣
現ナマ四億を巡る「北」の策謀を、美しさとセクシーさで撃退せよ。美脚に勝る諜略なし！

長谷川卓
雪のこし屋橋　新・戻り舟同心
静かに暮す島帰りの老爺に、忍び寄る黒い影が……老同心の熱血捕物帖新シリーズ第二弾。

辻堂　魁
縁切り坂　日暮し同心始末帖
おれの女を斬って、なにが悪い！　日暮龍平の怒りの剣が吼える！　痛快時代小説。

今村翔吾
夜哭鳥《よなきがらす》　羽州ぼろ鳶《とび》組
「これが娘の望む父の姿だ」仲間を信じ、火消としての矜持を全うしようとする男たち。

黒崎裕一郎
公事宿始末人　斬奸無情《ざんかんむじょう》
漆黒の夜に煌めく白刃。阿片密売と横領、悪事の裏に仇敵の影。唐十郎、因縁と対決す！

佐伯泰英
完本　**密命**　巻之二十五　覇者　上覧剣術大試合
見守るしの、みわ、結衣、そして葉月の想いを背に受けて……。命運、ここに決す！

佐伯泰英
完本　**密命**　巻之二十六　晩節　終《つい》の一刀
惣三郎を突き動かした〝ある想い〟とは。尾張との因縁を断つ最後の密命が下る！